Die Speckbemme

D1667909

Kurt Thümmler

DIE SPECKBEMME
und Konrads Radtouren

Erzählungen

Engelsdorfer Verlag
Leipzig
2016

Bibliografische Information durch die
Deutsche Nationalbibliothek:
Die Deutsche Nationalbibliothek verzeichnet diese
Publikation in der Deutschen Nationalbibliografie;
detaillierte bibliografische Daten sind im Internet über
http://www.dnb.de abrufbar.

ISBN 978-3-96008-090-9

Copyright (2016) Engelsdorfer Verlag Leipzig
Alle Rechte beim Autor

Hergestellt in Leipzig, Germany (EU)
www.engelsdorfer-verlag.de

11,80 Euro (D)

INHALT

VORWORT DES VERFASSERS

Meine Geschichte handelt von einem kleinen Jungen, ich nenne ihn Konrad, der im Krieg geboren wurde und unter ärmlichen Verhältnissen in einer Kleinstadt in Ostdeutschland, später DDR, aufwuchs.

Wir schreiben das Jahr 1950, Konrad ist acht Jahre alt. Der Krieg war fünf Jahre her. Glücklicherweise hatte Konrads Heimatstadt keine größeren Kriegsschäden davongetragen, nur das Bahnhofsgebäude des Unteren Bahnhofs hatte eine Bombe abbekommen, wahrscheinlich zufällig von einem der Bomber gefallen, welche im letzten Kriegsjahr zu Hunderten über unsere Stadt in Richtung Leipzig flogen, um bekannterweise diese Stadt zu zerstören.

Die Erinnerungen an diese furchtbaren Ereignisse lasse ich in diesem Buch weg.

1950 war die DDR zwei Jahre alt. Die Kommunisten hatten unter der Führung der Russen, das heißt der Sowjetarmee einen Arbeiter- und Bauernstaat gegründet. Zu dieser Zeit kamen die Russen zu der Erkenntnis, die Produktionsanlagen Ostdeutschlands nicht weiter sinnlos zu demontieren, sondern wieder aufzubauen und zum Nutzen der Sowjetarmee produzieren zu lassen, und so liefen die Reparationszahlungen an die Sowjetunion ausschließlich aus der DDR bis in die Ewigkeit, wenn 1989 die Wende nicht gekommen wäre. 1950 herrschte bitterste Armut in der DDR. Es ging ums blanke Essen. Wir Kinder hatten ständig Hunger,

Lebensmittel wurden mittels Lebensmittelmarken zugeteilt. Die Kinder bekamen in der Schule anfangs eine Grießsuppe, wir nannten sie Rennfahrersuppe. Später gab es dann einen Blechtopf, jeder musste ein Gefäß von zu Hause mitbringen, Milch und eine Semmel dazu. Das war die erste Errungenschaft der DDR.

Wir wohnten in der Nähe einer Erfassungsstelle für landwirtschaftliche Produkte (VEAB). Dieser wurde eigenartigerweise von Polen kontrolliert. Heute finde ich es richtig, dass die Bauern gezwungen wurden, möglichst viele Nahrungsmittel zu produzieren und abzuliefern. Ich kann mich noch sehr gut an die langen Schlangen der Pferdewagen, die meist mit Weißkohlköpfen beladen, an der VEAB, das heißt Volkseigener Erfassungs- und Aufkaufbetrieb, anstanden, um ihre Produkte abzuliefern. Für uns Kinder war das eine günstige Möglichkeit unseren unbändigen Hunger zu stillen – wir klauten Kohlköpfe. Von einem Kohlkopf konnte die Familie eine ganze Woche leben. Die Bauern tolerierten unsere Diebstähle, da sie ohnehin an die Kommunisten nichts liefern wollten. Dass das hungernde Volk dahinterstand, interessierte sie nicht. Es war die Zeit, als die Bauern ihren Kuhstall mit Teppichen auslegen konnten, weil die Städter ihr letztes Hab und Gut zum Bauern schleppen mussten, um etwas zu essen zu bekommen und der Bauer war erbarmungslos: Für ein Paar nagelneue Herrenschuhe gab es ein Kilo Kartoffeln. Hintenherum schlachtete der Bauer ein Schwein und verkaufte das Fleisch auf dem schwarzen Markt. Allerdings haben das die bösen Kommunisten auch hart bestraft, wenn sie das rausbekamen.

Ährenlesen und Kartoffeln stoppeln waren Möglichkeiten für die Menschen, etwas Essbares zu beschaffen. In den ersten Nachkriegsjahren kamen sogar unsere Verwandten aus Berlin zu uns in die Provinz, um ein paar Kartoffeln zu ergattern – wir hatten selbst nichts.

Nachdem sich die BRD gegründet hatte und der Marschallplan ins Leben gerufen wurde, wendete sich das Blatt, besonders für die Berliner, grundsätzlich. Ab jetzt waren wir aus der Ostzone die Bettler.

DIE GESCHICHTE

Konrad kam aus der Schule, endlich. Die Schule lag in der unmittelbaren Nähe seiner Straße. Vorher musste er eine große und gefährliche Kreuzung passieren. Die ersten paar Mal wurde er von der Mutter zur Schule begleitet und entsprechend belehrt. Hauptsächlich waren Pferdefuhrwerke, einige Lastkraftwagen, meist mit Kohlevergaser, sowie auch Pkws unterwegs. In der Mitte, das heißt über der Mitte der Kreuzung, hing eine Verkehrsampel, Ampel im wahrsten Sinne des Wortes. Diese Straßenkreuzung war für Konrad auf dem Nachhauseweg von der Schule erst einmal ein Zwischenstopp, viel zu interessant, als dass man da einfach vorbeigehen kann. Immer bewegte sich ein Fahrzeug, ob Pferdefuhrwerk, Lastkraftwagen oder Personenkraftwagen – immer fuhr etwas und Konrad musste, trotz seines ständigen Hungers, erst einmal seine Kreuzung, er nannte sie so, beobachten.

Vor allem die Ampel hatte es ihm angetan, die Farben Rot, Grün, Gelb. Was bedeuteten sie? In der Schule lernte man so etwas nicht. Um das zu ergründen, lief Konrad immer dort über die eine Straße, auf der die Fahrzeuge stillstanden, weil die Ampel „Rot" zeigte. Bald bekam er mit, dass die Fahrzeuge auf der querenden Straße Grün an der Ampel hatten und fahren durften. Eine tolle Sache, empfand Konrad. Er konnte sich kaum von der Kreuzung trennen. Aber auch andere, interessante Dinge warteten auf ihn.

Auf dem Nachhauseweg befand sich eine Kohlenhandlung mit angeschlossenem bäuerlichen Betrieb, oder umgekehrt. Einzig und allein die beiden Pferde des Betriebes hatten es Konrad angetan. Diese beiden Zugtiere mussten für die Kohlenhandlung, sowie für den bäuerlichen Betrieb die wichtigste Arbeit leisten.

Meist sah Konrad die Pferde nur, wenn sie angespannt waren, entweder um Kohlen auszufahren oder um bäuerliche Arbeiten zu verrichten. Auf dem Bock saß der Chef persönlich, der Kohlenhändler und Bauer Albert Gericke, ein drahtiger alter Mann, der beim Atmen immer die Backen aufblies, wie ein Fisch die Kiemen, fand Konrad, wenn er den Mann beobachtete. Manchmal saß ein Junge in Konrads Alter neben Herrn Gericke auf dem Kutschbock. Wie beneidete Konrad ihn. Er war davon überzeugt, dass der Junge ein Verwandter von Gericke sein müsse, was aber nicht stimmte. Irgendwann kam Konrad mit ihm in Kontakt. Er hieß Helmut und wohnte mit seiner Mutter und mehreren Geschwistern in dem Wohn- und Geschäftshaus der Firma Gericke.

Konrad war am Tor der Firma Gericke angelangt. Es stand offen, die Pferde waren draußen. Nicht weit vom Hof entfernt verlief die Eisenbahnstrecke Halle-Sorau. Der Obere Bahnhof des Ortes hieß ursprünglich Sorauer Bahnhof, obwohl er eigentlich nur ein Haltepunkt war, allerdings mit einem schönen Bahnhofsgebäude im romanischen Stil. Interessant für Konrad war vor allem der Rangierbahnhof der oberen Bahnstrecke. Hier schnaufte Tag und Nacht die Rangierlok der Baureihe 94, wie Konrad schon lange wusste. Wenn er in seinem Wohnhaus auf dem Klo, welches sich auf der Treppe des Mehrfamilienhauses befand, saß, konnte er die Bahnstrecke, sowie das Ausziehgleis des Bahnhofs sehen und die Eisenbahn hören, Tag und Nacht. Vor allen nachts, wenn sich ein Güterzug mit bis zu sechzig Waggons durch den Bahnhof quälte, lag Konrad lange noch wach in seinem Bett. Hinzu kam dann der Rangierbetrieb mit dem andauernden Pfeifsignalen zum Abstoßen und Anhalten.

Damals liebte Konrad den Bauernhof wesentlich mehr als die Eisenbahn, vor allem, weil es da die Chance gab, etwas zu essen zu bekommen. Plötzlich tauchte ein Fuhrwerk auf, beladen mit Kohlen. Die Kohlen bekam die Firma Gericke per Eisenbahn geliefert. Auf einem entsprechenden Anschlussgleis wurde zu einer x-beliebigen Tages- oder Nachtzeit ein kurzfristig avisierter Waggon mit Briketts bereitgestellt. Dieser musste innerhalb einer bestimmten Frist vom Empfänger, also der Firma Gericke, entladen werden. Von so einer Entladung kam wahrscheinlich das Fuhrwerk an dem besagten Tag. Helmut saß neben Herrn Gericke auf dem Bock. Wie hat ihn Konrad beneidet. Vor der Hofeinfahrt hielt Herr Gericke das Gefährt an, stieg ab und begab sich ins Haus. Derweil blieb Helmut auf dem Bock sitzen und hielt voller Stolz die Zügel in der Hand. Kurz danach erschien Herr Gericke mit einigen Papieren in der Hand wieder und schwang sich auf den Bock, übernahm die Zügel von Helmut und beide fuhren davon, um offensichtlich eine Fuhre Kohle an einen Kunden auszuliefern. Sehnsüchtig sah Konrad dem Gespann hinterher.

VATER UND MUTTER

Um die nächste Ecke befand sich die Sackgasse, in welcher Konrad wohnte. In dieser Sackgasse standen genau acht Mehrfamilienhäuser. . Am Abschluss dieser Straße befanden sich einige Eisenbahnergärten und gleich daneben verliefen die Rangiergleise des Oberen Bahnhofs.

Konrad bog in seine Straße ein und erreichte kurz danach sein Heim. Dieses befand sich im Mehrfamilienhaus seiner Großmutter Amanda. In diesem Haus wohnte die gesamte Familie seiner Mutter – ein Wahnsinn. Konrad kannte es nicht anders.

Die Oma Amanda hatte sechs Kinder. Fünf davon, einschließlich Ehepartner und Kinder, wohnten in diesem Haus. Eins davon war die Mutter von Konrad sowie zwei weiteren Geschwistern, und diese wohnten im ersten Stock des Vorderhauses. Es gab noch ein Hinterhaus, in welchem im zweiten Stock Tante Hilde, die zweitälteste Tochter von Oma Amanda, mit ihrem Ehemann Erich, Sohn Wilfried und Tochter Rita wohnten. Konrad bewunderte seinen Onkel Erich, denn der war Boxer. An den Wochenenden boxte er meist um ein Brot als Siegprämie. Damit war seine Familie erst einmal versorgt. Tante Hilde, seine Ehefrau, war immer dabei, wenn Erich boxte. Für das kleine Nest war das immer ein besonderes Ereignis. Onkel Erich wurde immer berühmter. Später gründete er sogar einen Boxklub in der Stadt, mit zunehmendem Erfolg. Konrad bewunderte ihn.

Desgleichen dessen Sohn Wilfried, welcher fast zehn Jahre älter als Konrad war. Als Boxer zu feige, aber gegenüber Schwächeren der Größte. Wilfried bekam von seinem Vater alles: einen echten Lederfußball, Skier, Fahrrad, Karl-May-Bücher usw. usw. Wenn Willi mit seinem mit Schuhcrem gewichsten, steinharten Fußball auf der Straße auftauchte, haben wir Stifte uns schleunigst verkrümelt.

Einmal hat er Konrad dazu bewegt, sich ins Tor, das war das Eingangstor des Hauses, zu stellen. Willi läuft Anlauf und schießt, Konrad vergeht vor Angst, der Ball kommt geflogen, aber nicht aufs Tor, sondern ans Fenster von Oma Amanda. Konrad fühlt sich gerettet. Willi haut ab. Amanda taucht mit einem Knüppel bewaffnet auf und jagt ihm nach. Natürlich kriegt sie ihn nicht, was bei allen anderen Kindern unbändige Heiterkeit auslöst. Amanda kehrte fluchend zurück. Konrad musste das kaputte Fenster zum Glaser zur Reparatur bringen.

Amanda hatte viele Enkel im Haus. Da waren die beiden erstgenannten. Konrad hatte noch einen großen Bruder und eine ältere Schwester. Des Weiteren gab es noch die zwei Söhne von Tante Edeltraut, Heinz und Dieter (Dille). Dille war ein Jahr jünger als Konrad und meist dessen Spielkamerad. Heinz war der ältere Bruder von Dille. Konrads Bruder Günter und Heinz waren auch fast gleichaltrig und hielten zusammen gegen Willi.

Willi war überall unbeliebt – ein brutaler Kerl, von allen gefürchtet und gehasst.

Eigentlich hassten sich alle untereinander in dem Familienhaus der Oma Amanda, der Erbengemeinschaft Wirt. Nur die Mutter von Konrad war der ruhende Pol, bei ihr heulten sich alle aus, außer Amanda, die schimpfte nur, einmal auf diesen, einmal auf jenen.

Da waren auch noch zwei Onkel von Konrad im Haus. Der eine Onkel, Harry, war ein Erfolgsmensch und Glückspilz. Kam im Krieg beizeiten in amerikanische Kriegsgefangenschaft nach USA-Texas und kam von dort, dick und fett gemästet, nach Kriegsende nach Hause. Dem jüngeren Onkel, Rudi, ging es im Krieg irgendwo in Griechenland auch gut und er kam nach Kriegsende auch wohlbehalten wieder nach Hause.

Bloß Konrads Vater hatte es böse erwischt. Der kam als Krüppel aus dem Krieg zurück, beide Füße hatte er verloren, erfroren. Damit war der Leidensweg in der Familie Konrads vorprogrammiert. Schwerkriegsbeschädigt, das heißt keine Rente in der DDR, sondern leichte Hilfsarbeit für wenig Geld anzustreben. Wobei es in dieser Zeit ohnehin zu wenig Arbeit gab, vor allem für Kriegsversehrte.

Dann hatte Konrads Vater doch Arbeit in der örtlichen Schokoladenfabrik gefunden. Wenn er in der Schule oder auch von seinen Freunden gefragt wurde, was sein Vater sei, sagte er immer Schokoladenmacher. Irgendwie stimmte es ja auch.

Die Mutter war Hausfrau und ergänzte die schmale Haushaltskasse mit Nähen. Die Überlebensgrundlage der Familie bildete der Schrebergarten. Dieser befand sich innerhalb einer großen Gartenanlage „Am Wasserturm", zirka fünf Minuten Fußweg von zu Hause entfernt. Für die Mutter war das Fahrrad das wichtigste Verkehrs- und Transportmittel. Es war ein Vorkriegsmodell und hatte schon viele Jahre auf dem Sattel. Dahinter war ein riesengroßer Gepäckträger angebracht. Bis zu einem bestimmten Alter wurde Konrad auf diesem in den Garten gefahren. Heimwärts musste er meist laufen, da der Gepäckträger dann Erntegut und anderes tragen musste. Für Konrad war es immer ein herrliches Erlebnis, wenn er auf dem Gepäckträger, welcher mit einer alten Decke etwas abgepolstert wurde, saß und die Welt an ihm vorüberflog. Zu schnell war die Fahrt immer vorbei. Die Gartenanlage befand sich praktisch auf der anderen Seite der bereits beschriebenen Eisenbahnstrecke. Die Querung der Strecke erfolgte für Fußgänger mittels einer kleinen Unterführung, der sogenannten Mausefalle. Radfahrer mussten vorher absteigen und laufen. Für Konrad war das das Zeichen, dass der Garten gleich erreicht war. Es war der erste Garten im ersten Gang der Anlage. Deshalb war er auch etwas größer als die anderen Gärten, nämlich siebenhundert Quadratmeter. Die anderen maßen nur sechshundert. Für einen Schrebergarten galten die Gärten als groß und der von Konrads Eltern als sehr groß, was Konrads Mutter aber nicht genügte, denn abwechselnd bearbeitete sie noch ein kleines Feld an der Berliner Bahnstrecke und eins am Werkstättenteich. Manchmal bearbeitet sie auch noch den Garten der Oma Amanda, welcher nicht weit von Konrads Garten entfernt lag. Konrads Mutter war ständig im Einsatz und wurde meist von den anderen kräftig ausgenutzt, vor allem von Amanda. Diese hatte die Charaktereigenschaft, mit Konrads Mutter solange schönzutun, bis der Garten gemacht war. Anschließend brach sie einen Streit vom Zaun und fuhr dann die Ernte mit Hilfe der anderen Familienmitglieder ein. Vor allem Konrads Cousin Wilfried bediente sich in Amandas Garten ständig. Ernten ohne anbauen, war seine Devise. Offensichtlich hatte er diesen Charakterzug von Amanda geerbt.

Als Konrad im Vorschulalter war, nahm seine Mutter ihn überall mit hin. Zuerst ging es in den Garten am Wasserturm. Sein großer Bruder, acht Jahre älter, und seine große Schwester, vier Jahre älter als Konrad, ließen sich im Garten nur selten blicken. Unter dem Vorwand, sie müssten für die Schule lernen, hatten sie nie Zeit, überhaupt für die Arbeit. Und wenn an den Sonntagen die ganze Familie im Garten zusammen war, faulenzten sie nur. Konrads Schwester Ruth saß die meiste Zeit auf der Schaukel. Der große Bruder Günter las andauernd, sogar beim Essen. Vom Vater wurden ihm dafür mehrmals Schläge angedroht, was er aber doch nicht wahrmachte. Die bekam dann Konrad.

Die Mutter rackerte sich auch sonntags im Garten ab, die Arbeit riss auch nicht ab. Siebenhundert Quadratmeter Nutzfläche mussten bearbeitet werden. Die Statuten des Gartenvereins ließen keine Faulenzerflächen (Rasenflächen) zu. Nur eine kleine Gartenlaube und eine kleine Sitzfläche waren erlaubt.

Konrads Vater sah man in seinen jüngeren Jahren seine Versehrtheit kaum an. Er trug Prothesen und lief an nur einem Spazierstock. Täglich ging er so zur Arbeit und wieder zurück. Anschließend meist in den Garten. Nicht nur Obst und Gemüse galt es hier anzubauen, auch die Kleintierzucht war eine wichtige Ernährungsquelle in der Nachkriegszeit. Konrads Vater war, trotz seiner Behinderung, meist mit dem Bau von Kaninchenbuchten, Hühnerställen und Zwingern beschäftigt. Konrad wollte von klein auf immer mithelfen, ob bei der Gartenarbeit oder beim Kaninchenställebauen. Diese mussten so konzipiert sein, dass die Kleintierhaltung auch über den Winter den entsprechenden Nutzen brachte. Da ging es auch im strengsten Winter in den Garten die Kaninchen und Hühner füttern. Und die Winter waren ausgerechnet in der Nachkriegszeit bitterkalt. Da waren die Kaninchen nicht nur wichtige Fleischlieferanten, sondern auch Felllieferanten.

Konrads Mutter konnte alles. Wenn der Vater ein Kaninchen geschlachtet und das Fell abgezogen hatte, spannte die Mutter es auf einen Rahmen und bestreute es mit Alaunsalz. Dann blieb es erst einmal liegen bis es zum Gerben bereit war. Nachdem die Mutter das Fell stundenlang gegerbt hatte, solange bis das Leder ganz weich war, nähte sie eine Mütze, Handschuhe oder eine

Jacke aus dem Fell. Nichts hielt wärmer, als die Fellsocken aus Kaninchen. Leider haperte es am Hosen- oder Schuhenähen aus Fell, das können nur die Eskimos. Hosen und Schuhe waren ein Engpass in der Nachkriegszeit. Auch die Jungen trugen im Winter lange Strümpfe und kurze Hosen. Konrad konnte kaum die Schuhe von seinen älteren Geschwistern übernehmen, da der Altersunterschied zu groß war und deren Schuhe meist völlig verschlissen waren. Neue Lederschuhe gab es gar nicht. Es gab nur alte Bestände, die immer wieder geflickt wurden. Oft waren Schuhe ein beliebtes Tauschobjekt für Lebensmittel.

Es war wieder so ein harter Winter. Im Wohnhaus waren die auf der Treppe befindlichen Klos durch Unachtsamkeit der Bewohner eingefroren. Zur Strafe mussten alle ihre Notdurft auf Eimern und Schüsseln verrichten und anschließend über die Hofmauer aufs nachbarliche Gärtnereigrundstück entsorgen. Was für eine Schweinerei. Allerdings war es so kalt, dass alles gleich gefror und nicht einmal Zeit zum Stinken hatte. Im Frühjahr konnte der Gärtner den gesamten Kot dann als Dünger für seine Kürbisse verwenden. Das wurden wahre Riesen.

Um das Überleben der Haustiere im Garten zu sichern, baute Konrads Vater ein unterirdisches Hühnergelass, welches ebenerdig mit Glasfenstern abgedeckt war. Die Hühner konnten aus ihrem Außenzwinger durch eine Öffnung unterhalb der Kaninchenbuchten in die frostfreie Höhle gelangen. Die Kaninchenbuchten wurden mit Holzverschlägen, welche nur zum Füttern geöffnet wurden, gesichert. Zum Warmhalten wurden die Buchten mit viel Stroh ausgefüttert. Durch all diese Maßnahmen ist kein Tier erfroren, sondern zur richtigen Zeit geschlachtet und gegessen worden.

Für Konrad war das Schlachten immer sehr spannend. Da fiel jedes Spielzeug aus der Hand, wenn ein Kaninchen geschlachtet wurde. Angangs wehrte sich die arme Kreatur, ahnend, was auf sie zukommt, mit allen Mitteln. Wehrlos hing es dann an der Hand des Vaters mit seinen Hinterläufen. Mit zwei bis drei kräftigen Schlägen mit einem Knüppel hinter die Ohren des Hasen war Ruhe, das Tier war betäubt. Anschließend schnitt der Vater dem Tier die Kehle durch und ließ das Blut in eine Schüssel laufen. Dann spannte er den Körper mit gespreizten Beinen zum Fellabziehen und zur weiteren Bearbeitung an der Küchentür auf. Für Konrad war das unheimlich interessant, wie sein Vater das machte. Felle, die nicht für den Eigenbedarf bestimmt waren, wurden zum Fellhändler gebracht. Hierfür gab es ein paar Mark, die Konrads Mutter dringend für die knappe Haushaltskasse brauchte.

Konrad war meist dabei, wenn die Mutter einkaufen ging. Die klägliche Zuteilung auf Lebensmittelmarken war schnell aufgebraucht, also gab es beim Fleischer nur Wurstzippel, das waren die Wurstenden. Die Fleischermeisterin gab sie billig ab, aber nicht umsonst. Konrad hatte sogar eine Patentante, die mit ihrem Mann einen kleinen Lebensmittelladen führte. Hier kaufte Konrads

Mutter meist das Lebensnotwendigste ein. Meist ließ sie anschreiben. Konrad bekam immer einen Bonbon. Die Patentante war lieb und auch mit der Mutter immer freundlich. Ihr Mann betrieb im städtischen Stadtgraben eine Fischzucht. Einmal im Jahr wurde abgefischt, das war ein großes Ereignis für die kleine Stadt. Viel Volk versammelte sich am Ufer des Stadtgrabens. Dieser war ein offener Ring. Die Fischer konnten somit mit Netzen von der Mitte aus nach beiden Grabenenden die Fische treiben, bequem mit Keschern fangen und in große Handwagen verladen. Massenweise Fische war die Ernte für ein Jahr Arbeit. Der größte Teil der Fische wurde sofort vor Ort verkauft. Ein großer Teil wurde an die örtliche Fischbackstube geliefert, ein weiterer ging in den Laden zum Verkauf über mehrere Tage und Wochen. Selbstverständlich kam auch bei Konrads Familie Fisch auf den Tisch. Alle konnten sich wenigstens einmal richtig satt essen, vor allen Konrad, der hatte immer Hunger.

Wenn die Mutter Kartoffeln gestoppelt hatte, gab es Kartoffelpuffer. Wenn die Kartoffeln alle waren, gab es Puffer aus den Schalen von den letzten Kartoffeln. Die schmeckten eklig, machten aber ein wenig satt.

Brot war auch nicht immer da. Um etwas Ähnliches zu schaffen, fuhr die Mutter mit dem Fahrrad, und Konrad auf dem Gepäckträger, raus aufs nächste Getreidefeld zum Ährenlesen. Bei glühender Hitze wurde das abgeerntete Feld nach Ähren abgesucht, welche beim Mähen und Ernten abgefallen waren. Dabei stachen die Halmstoppeln Konrads kleine Waden blutig beim Gehen über das Feld. Konrad ertrug es, genau wie die Mutter, stillschweigend. Ein Sack musste mit Ähren voll werden, sonst lohnte sich das alles nicht. Sie waren auch nicht alleine auf dem Feld. Manchmal tauchte auch ein niederträchtiger Bauer auf und vertrieb die Menschen von seinem Feld.

Wenn es gut ging, hatte Konrads Mutter nach vielen Stunden den Sack voll Ähren und band ihn auf den besagten Transportgepäckträger des Fahrrades. Jetzt schob sie das Fahrrad, denn Konrad nun auch noch aufs Rad, weil er nicht mehr laufen konnte. Meist waren das einige Kilometer. Von Zeit zu Zeit setzte die Mutter ihn ab und sie machten eine Pause am Feldrand. Völlig kaputt und verschwitzt kamen sie im Garten an. An der Wasserpumpe und dem dazugehörenden Bassin kühlten sich beide erst einmal gründlich ab. Gegessen wurde Obst, vor allem Süßkirschen Ein riesiger Kirschbaum war der Liebling Konrads. Jedes Jahr trug dieser Baum eine Unmenge der herrlichsten Früchte. Konrad war schon auf dem Baum, pflückte und aß abwechselnd Kirschen. Die Mutter nahm sich kaum Zeit zum Essen. Sie bereitete schon das Dreschen der Getreideähren vor. Hierzu wurden die gesammelten Ähren ausgebreitet und mit dem Dreschflegel kräftig bearbeitet, bis alle Körner aus den Ähren gedroschen waren. Anschließend wurde mit einem Tuch darüber gewedelt, um die leichten Rückstände der Ähren vom Korn zu trennen. Mittels Sieb wurde zu guter Letzt das reine Getreide gewonnen.

Der ganze Sack brachte schließlich das klägliche Ergebnis von zirka einem halben Kilogramm reinen Getreide. Das lohnte sich natürlich für die Weiterverarbeitung noch lange nicht und somit waren für die folgenden Tage noch weitere Einsätze dieser Art von Konrads Mutter geplant, denn wenn einmal die Bauern begannen, die Felder umzupflügen, war alles zu spät.

DIE SCHULE – I. TEIL

Und so wurde Konrad sechs Jahre alt und eingeschult. Die Schule hieß Comeniusschule und war gleich in der Nähe von Konrads Straße. Vor dem Krieg war das die Mädchenschule, was in Stein gemeißelt noch heute dransteht. Ein schöner gelber Klinkerbau mit großen Doppelfenstern und einer Turnhalle.

Es gab auch schon eine bunte Zuckertüte mit Inhalt. Auch eine kleine Feier, bei welcher die Schuldirektorin, ein Fräulein, uns Kinder beglückwünschte, dass wir jetzt in den Kreis der Schulkinder aufgenommen würden. Danach stellte sie den Neulingen ihre zukünftige Klassenlehrerin vor, ein Fräulein … Damals waren viele Lehrerinnen aus alten Zeiten, wo diese noch unverheiratet sein mussten, angestellt. Jedenfalls war die Klassenlehrerin Konrads sehr freundlich. Auch sie redete ein paar Worte und die Feier war beendet. Am kommenden Montag sollte es losgehen, der erste Schultag.

Vorerst ließ sich Konrad erst einmal den Inhalt der Zuckertüte schmecken. Im engsten Familienkreis fand dann auch eine kleine Feier statt. Oma und Opa väterlicherseits waren auch aus der Nachbarstadt, der Geburtsstadt von Konrads Vater, rübergekommen. Meist war es umgekehrt, Konrads Familie besuchte regelmäßig, meist an Sonntagen die Großeltern. Diese wohnten in einem der dreckigsten Orte Deutschlands, einem Industriemoloch. Hier war fast die gesamte Chemieindustrie der DDR ansässig, welche natürlich aus der

Vorkriegszeit stammte, nach Kriegsende von den Russen demontiert und anschließend unter russischer Führung wieder aufgebaut wurde.

Wenn man mit dem Zug in diesem Ort ankam, empfing einen eine gestankgeschwängerte dicke Luft. Kleine Kohlepartikel flogen durch die Luft und vor allem in die Augen der Menschen. Diese Partikel sorgten dafür, dass die ganze Stadt schwarz war. Alle Häuser, Straßen, Plätze – alles war schwarz, einschließlich der Menschen, die dort lebten, wie Konrads Großeltern. Sein Vater wurde hier geboren, in der Wohnung, wo die Großeltern noch wohnten. Die Wohnung befand sich in einem hässlichen Nebengebäude auf dem Hof eines an der Straße stehenden, recht ansehnlichen Wohn- und Geschäftshauses, in welchem die Grundstückseigentümer, die auch ein Ladengeschäft betrieben, wohnten.

Eine steile Treppe, mehr Hühnerleiter als Treppe, führte zu dieser Wohnung. Sie bestand aus einem winzigen Korridor, einer kleinen Küche von zirka sechs Quadratmetern, einem Wohnzimmer von zirka vierzehn Quadratmetern und einer Schlafkammer, in welcher die Betten der Großeltern hintereinander standen, so schmal war das Zimmer. Die gesamte Wohnung hatte vielleicht eine Grundfläche von dreißig Quadratmetern. Zu dieser Zeit wohnte noch die jüngste Schwester von Konrads Vater bei ihren Eltern. Der Großvater war Schichtarbeiter im Kraftwerk, sodass seine Tochter abwechselnd in seinem Bett oder auf dem alten Sofa schlafen musste.

Auch sie war im Schichtbetrieb in der Chemie beschäftigt. Die Oma war behindert, sie hatte eine schwere Verletzung am Bein erlitten und hinkte jetzt ziemlich stark. Sie war Hausfrau und damit die wichtigste Person in der Familie, alles hörte auf ihr Kommando, auch ihr Ehemann. Obwohl sie kaum aus ihrer Wohnung kam, war sie auf dem Hof, wo nur arme Arbeiter wohnten, eine Respektsperson. Die Kommunikation wurde über das Küchenfenster geführt, irgendeiner war immer bereit, entweder einzukaufen, sonstige Wege zu erledigen oder Kohlen hochzutragen. Die jüngste Tochter machte nicht viel, sie saß bloß immer da und rauchte, dabei stieß sie den Qualm immer aus den Nasenlöchern aus, wie ein schnaubendes Pferd. Das empfand Konrad als richtig eklig. Auch sonst fürchtete er sich vor ihr. Sie schaute immer böse und sprach mit Konrad kaum ein Wort, wenn er zu Besuch bei der Oma war. Die ersten Jahre mit Eltern und Geschwistern, später dann allein.

Zu Familienfeiern fanden sich auch die übrigen Verwandten, das heißt Konrads weitere Tante mit ihrem Ehemann und deren zwei Söhnen, also Konrads Cousins. Einer war schon fast erwachsen, der andere war etwas jünger als Konrad. Am Tisch herrschte Disziplin, da wurde nicht gequatscht oder rumgealbert beim Essen. Nur die Erwachsenen durften manchmal etwas sagen. Es war ja meist der Kaffeetisch an dem man saß. Erst wenn der trockene Streuselkuchen aufgegessen und der Malzkaffee ausgetrunken war, durften die Kinder aufstehen und hinunter auf den Hof gehen. Nur hier konnten sie sich etwas lockerer bewegen und unterhalten.

Auf dem Hof befanden sich auch die Klosetts für die Bewohner der Nebengebäude. Es gab schon Wasserklosetts, allerdings mit dem Eimer, den man an dem einzigen Wasserhahn füllen musste.

Sonst war der Hof der blanke Kohlenhof, völlig schwarze Erde, kein Pflaster. Wehe es fiel einer beim Haschespielen hin, der musste anschließend in die Vollreinigung an den Wasserhahn im Klo. Da kamen auch dauernd andere, die mal mussten. Dementsprechend waren auch die Düfte in diesem Haus. Als Kind sieht man das alles nicht so verbissen. Alle waren froh, dass sie den Fittichen der gestrengen Oma für eine Weile entgangen waren. Wenn die Abendbrotzeit heran war, hieß es wieder strammsitzen. Konrad war immer froh, wenn die Familienfeiern vorbei waren und alle nach Hause fuhren.

Die Zugstrecke führte an dem riesigen Kohletagebau entlang und das war für Konrad wahnsinnig interessant. Es war auf der Heimfahrt meist schon dunkel, auch im Zug gab es kein Licht, somit konnte man das Schauspiel der tausend Lichter im Tagebau sehen, wie es blitzte, wenn die Züge der Grubenbahn fuhren, wie die riesigen Kettenbagger arbeiteten, eine andere Welt tat sich auf. Viel zu schnell war der Zug an dem Schauspiel vorbeigefahren, bis zum nächsten Mal, freute sich Konrad, dann wurde es finster, draußen und drinnen im Waggon. Erst die spärlichen Lampen am Bahnsteig des Heimatbahnhofs brachten wieder etwas Licht. Der Zug hielt und sie waren wieder zu Hause.

Als Konrad sechs Jahre alt war, fuhr er das erste Mal allein nach Bitterfeld. Mit den entsprechenden Unterweisungen und etwas Geld, entließ die Mutter Konrad zu seiner ersten großen Reise. In der Bahnhofsvorhalle waren immer viele Leute versammelt, die entweder zur Arbeit oder zum Einkaufen in die nahegelegene Bezirkshauptstadt fahren wollten. Konrad wollte in die andere Richtung, in den Industriemoloch. Um eine Fahrkarte zu kaufen, musste er sich in eine Schlange einreihen, denn ohne Anstellen ging in der DDR überhaupt nichts. Nachdem er seine Hin- und Rückfahrkarte erworben hatte, war noch viel Zeit, bis der Zug abfahren sollte. Immer mehr Leute versammelten sich in der Bahnhofshallte. Es roch verstärkt nach Chemie, ein Geruch, den die Chemiearbeiter niemals loswurden. Alles stank nach Chemie: die Menschen, die Bahnhöfe, die Züge und auch die Wohnungen, wie auch die von Konrads Großeltern.

Konrad hatte Zeit, die Menschen zu betrachten. Die meisten Chemiearbeiter konnte man nicht nur am Geruch, sondern auch an ihren grauen Gesichtern erkennen, die genauso waren wie ihre Klamotten. Die Männer trugen meist eine sogenannte Joppe, ein Zwischending zwischen Mantel und Jacke. Sie hatte schräge Taschen, in die die Männer ihre Hände verpacken konnten und gleichzeitig ihre zusammengefaltete Essentasche unter den Arm klemmen konnten. Auf dem

Kopf trugen sie meist eine Schirmmütze, die sogenannte „Ernst-Thälmann-Mütze". Das war die Einheitskleidung der Arbeiter in der DDR und alle waren Arbeiter, auch die Intelligenzler, so nannte man die Studierten.

Plötzlich erschien ein Eisenbahner auf der Bildfläche, begab sich in eins der Häuschen der Sperre und ließ, bei Kontrolle der Fahrkarten, jeden Einzelnen den Bahnsteig betreten. Und das dauerte, wieder eine Schlange, dachte Konrad, dessen Aufregung sich immer mehr steigerte. ‚Der Zug fährt auf Bahnsteig zwei', hatte die Mutter gesagt. Da konnte nichts schiefgehen, die Zeit für den Zug ab Bahnsteig zwei in Richtung Industriemoloch war ran und er fuhr auch ein. Die stark aus dem Schornstein qualmende Dampflok empfand Konrad als riesengroß. Konrad stand in entsprechendem Abstand von der Bahnsteinkante und ließ Lokomotive und die ersten Waggons an sich vorbeirollen, bis der Zug zum Stehen kam. Die Türen flogen auf und die Ankommenden, die ihr Ziel erreicht hatten, verließen ihn.

Die Eisenbahnwaggons waren noch aus Kaisers Zeiten, sogenannte Abteilwagen, wo in jedes Abteil von außen einzusteigen war. Drinnen nur Holzbänke, alles nur dritte Klasse – wie Arbeiterklasse, kaum beleuchtet und beheizt. Außen befanden sich lange Trittbretter, auf denen die Menschen, direkt nach dem Krieg, während der Fahrt standen, da alle Züge wahnsinnig überfüllt waren; auch auf den Dächern und dem Tender der Lokomotive saßen sie. Konrad konnte das immer vom Klofenster seines Hauses beobachten, wenn so ein dichtbesetzter Personenzug Richtung Westen vorbeifuhr. Damals wusste er noch nicht, dass dies meist aus ihrer Heimat vertriebene Deutsche waren.

Konrad war ins Zugabteil geklettert und hatte sich einen günstigen Stehplatz an einem Fenster gesichert. Das Abteil war voll, die Türen knallten zu und der Zug fuhr ab. Die Lokomotive schnaufte, dicke Qualmwolken zogen an Konrads Fenster vorbei und der Zug wurde immer schneller. Die Welt bewegte sich vor dem Fenster, ähnlich wie wenn er auf dem Gepäckträger von Mutters Fahrrad saß, nur viel schneller. Obwohl Konrad das schon von den gemeinsamen Familienfahrten mit der Eisenbahn kannte, war er doch bei seiner ersten Soloreise besonders fasziniert. Nach einem Zwischenhalt fuhr der Zug in der Chemiestadt ein. Viel zu kurz war die Fahrt, empfand Konrad. Viele stiegen aus und strebten dem Ausgang des Bahnhofs zu, und Konrad schwamm mit.

Den Weg zur Großmutter kannte er aus dem Effeff. Der Wind stand wieder so ungünstig, dass die Briketts vom naheliegenden Kraftwerk in der Luft umherflogen. Konrad guckte nur aus schmalen Schlitzen, um die Augen zu schützen. Er kannte den Weg so gut, dass er fast blind das Haus der Oma erreichte. Sehr große Freundlichkeit strömte sie beim Empfang Konrads nicht aus. Sie war bloß überrascht, dass er allein war. Eine Voranmeldung gab's damals nicht, Telefon hatten wir auch nicht. Sie fragte nur, wie es uns ginge, was schon fast alles war. Dann wandte sie sich wieder ihrer

Küchenarbeit zu, dem Essenkochen für Opa Wilhelm, der nach vierzehn Uhr zu Hause erwartet wurde, und da musste das Mittagessen auf dem Tisch stehen.

Wenn die Oma an den Herd gebunden war, hatte Konrad Gelegenheit, die kleine Wohnung einmal ganz allein zu inspizieren. Im Wohnzimmer stand in der Mitte der große Esstisch mit sechs Stühlen, an welchem wir immer zu den jeweiligen Familienfeiern saßen, das heißt die Erwachsenen saßen. Sonst war der Tisch an das uralte Plüschsofa gerückt. Die Benutzung dieses Sofas war absolut tabu, nur ein Kissen, auf welchem eine uralte Stoffpuppe thronte, befand sich auf dem Sofa. Auch die Puppe durfte nicht angefasst werden. In der Ecke befand sich ein riesiger Spiegel mit einem kleinen Unterschrank. Der Spiegel war fast blind, machte aber auf Konrad doch großen Eindruck, wenn er sich darin von allen Seiten betrachtete. Eine Kredenz rundete das Bild der Wohnzimmereinrichtung im Großen und Ganzen ab. Interessant fand Konrad vor allem das alte Grammphon, weil er das Gerät nie anfassen durfte. Er konnte nur feststellen, dass das Ding keinen Ton von sich gab, was besonders traurig war, da eine große Anzahl von Schallplatten vorhanden war. Auf Konrads Frage an die Oma, sagte diese nur: „Lass das Ding in Ruhe, das ist kaputt!" Und es blieb kaputt, so lange Konrad denken konnte.

Aber es gab auch noch andere interessante Dinge in Omas guter Stube, zum Beispiel die Ulanenpfeife vom Opa, welche er nach seiner aktiven Dienstzeit als Ulan in der kaiserlichen Armee erhalten hatte. Alle Wehrpflichtigen bekamen nach ihrer Dienstzeit entweder eine Tabakspfeife oder einen Reservistenkrug. Da Konrads Opa Wilhelm bei den Ulanen gedient hatte, bekam er eine Ulanenpfeife. Die Ulanen waren eine bestimmte Reitertruppe, erkennbar vor allem an ihrem speziellen Helm. Die Ulanenpfeife hatte einen riesigen Porzellanpfeifenkopf, welcher mit farbigen Darstellungen der Ulanen sowie der Namen der jeweiligen Regimentskameraden geschmückt war. Der Pfeifenkopf war an einem langen, ebenfalls verzierten Rohr mit Mundstück befestigt, sodass die Pfeife beim Rauchen bis zum Fußboden reichte und auf diesem Auflag, wobei der Raucher bequem im Sessel sitzen konnte. Auf dem Pferd zu rauchen, war nicht erlaubt.

Jedenfalls hatte es die Pfeife Konrad besonders angetan. Er wusste, dass diese hinter dem Schlafzimmerschrank der Großeltern aufbewahrt wurde, besser gesagt, versteckt wurde, denn alle Enkelkinder waren scharf darauf, die Pfeife zu sehen und anzufassen. Konrad war jetzt allein mit dem Wunsch, sich die Pfeife ansehen zu dürfen. Obwohl er sich selten traute, die Oma um etwas zu bitten, fasste er doch den Mut und bat sie, die Ulanpfeife einmal sehen zu dürfen. Widerwillig verließ sie ihre Küche, begab sich mit Konrad ins Schlafzimmer und holte diese hinter dem Schrank hervor und ließ sie Konrad ein paar Minuten von allen Seiten betrachten, ohne dass er sie anfassen durfte.

Anschließend versteckte sie die Pfeife wieder hinter dem Schrank.

Interessant war auch noch ein schönes Bild von Opa als Ulan, was auch an der Wand hing. Des Weiteren ein Ansichtsbild von Koblenz, wie Oma und Opa über „Kraft durch Freude" zum ersten Mal in ihrem Leben im Urlaub waren.

Es schlummerte aber noch ein großes Geheimnis in der Wohnung – eine Zwanzigdollar-Goldmünze. Konrad hatte das irgendwann bei einer Familienfeier mitbekommen, als die Münze einmal ein Thema war. Gesehen hatte er sie bis heute nicht. Diese legendäre Münze hatte der Opa aus den USA mitgebracht, als er von seiner Auswanderung zurückkam. Oft und viel hat er nicht darüber erzählt, nur so viel, dass er in den zwanziger Jahren, also zur Weltwirtschaftskrise, sich entschlossen hatte, sein Glück in der neuen Welt zu suchen, auszuwandern. Sicher war das ein schwerer Schritt, denn er hatte ja schon Frau und zwei Kinder. In Chicago ist er damals gelandet und hat es nur ein Jahr dort ausgehalten. Ob seine Frau nicht nachkommen wollte oder ob es an ihm lag, blieb immer im Dunkeln. Zumindest hat das Geld, welches er dort verdient hat, für die Heimfahrt und für eine Zwanzigdollar-Goldmünze gereicht.

Erzählt hat er, dass er mit einem Indianer zusammengearbeitet hätte, was für Konrad neu war, denn Indianer waren ihm nur als wilde Kämpfer aus den Karl-May-Büchern bekannt. Das Chicago eine Verbrecherhochburg war, das hat Konrad erst viel später aus Filmen und dem Radio erfahren. Jedenfalls war der Opa wieder zu Hause, wo sich Konrad gerade auf Erkundungsgang befand.

Nicht uninteressant war bei jedem Besuch bei der Oma die Aussicht aus dem Fenster, denn direkt gegenüber, vielleicht zweihundert Meter Luftlinie entfernt, befand sich das städtische Gefängnis, wo man die Gefangenen sehen konnte, wie sie ihre Hände und Arme durch die Gitter streckten. ‚Was mögen sie wohl verbrochen haben?‘, dachte Konrad.

Dann kam der Opa von der Schicht. „Was machst denn du hier?“, fragte er Konrad. „Weiß denn deine Mutter davon oder bist du ausgerissen?“ Konrad konnte ihn beruhigen. Jetzt konnte der Opa sich hinsetzen und sein Mittagessen, welches die Oma immer zur rechten Zeit fertig hatte, verspeisen. Oma hatte wahrscheinlich schon gegessen, das war so eine Mode der Hausfrauen in Preußen, vor allem in Berlin, was Konrad auch später kennenlernte. Also, der Opa aß und wir guckten zu, das heißt Konrad guckte zu, denn die Oma bewegte sich andauernd zwischen dem Tisch und Herd, um dem Opa immer noch etwas nachzureichen. Und das sah gut aus, was der Opa auf dem Teller hatte.

„Der Opa muss schwer arbeiten und muss auch deshalb gut essen“, sagte sie. Konrad lief das Wasser im Munde zusammen. „Hast du auch Hunger?“, fragte die Oma recht unfreundlich. Worauf Konrad eingeschüchtert mit „nein“ antwortete. Da gab's auch nichts.

Nachdem der Opa gegessen hatte, rauchte er noch einen Stumpen und wollte dann etwas ruhen. Das war für Konrad das Signal zum Aufbruch. Die Zeit war auch ran, welche die Mutter für Konrads Rückreise geplant hatte. Der Zug fuhr noch vor dem einsetzenden Berufsverkehr, bei welchem Konrad untergegangen wäre. Der Zug war trotzdem auch schon voll. Bis dahin musste er erst einmal kommen. Der Chemiestadt-Bahnhof war wesentlich größer als der heimatliche. Ein Menschengewimmel empfing Konrad schon in der Halle. Mehrere Sperren bremsten den Durchgang zu den Bahnsteigen, von denen es viele gab. Von den vielen Reisen mit der Familie wusste er genau, welche Treppe er zum entsprechenden Bahnsteig benutzen musste. Vor allem konnte er schon lesen, worauf er sehr stolz war. Der Bahnsteig füllte sich rasant und der Zug fuhr pünktlich ein. Wieder flogen Türen auf, Massen stiegen aus und Massen stiegen ein. Konrad, der Sechsjährige, kam sich ganz schön verlassen vor. Er kämpfte sich aber tapfer durch und fand wieder einen Stehplatz am Fenster. Türen knallten zu, ein Pfiff und los ging es Richtung Heimat. ‚Wenn der Zug das zweite Mal hält, da steigst du aus', hatte die Mutter ihm eingebläut. ‚Und stelle dich nicht an die Tür, die könnte aufgehen und du fällst raus.' Ich hab das noch nie gesehen, dachte Konrad.

Derweilen schlich der Zug aus dem Bahnhof hinaus. Nachdem die letzten Ausläufer der Chemiegiganten Konrads Blicken entschwanden, fuhr der Zug immer schneller, sodass Konrad wieder den Eindruck hatte, die

Welt drehe sich ihm vorbei, sie drehe sich um ihn, ein tolles Gefühl. Dann kamen wieder die bekannten riesigen Kohletagebaue in Sicht. Mindestens zehn bis fünfzehn Minuten konnte Konrad diese, sich vorbeidrehende spannende Welt bewundern. Wie die riesigen Kettenbagger arbeiteten und die Züge beluden. Alles bewegte sich wie von Zauberhand gesteuert. Die Technik hatte es Konrad angetan, schon als Sechsjähriger, und trotzdem landete er wenig später in einem vollkommen anderen Metier, nämlich der Landwirtschaft und bei den Pferden.

Konrad war nach seiner ersten Alleinreise wohlbehalten wieder zu Hause angekommen. Die Mutter war glücklich und fragte dies und das, vor allem wie es Oma und Opa geht. Schönen Gruß war noch zu bestellen, was Konrad fast vergessen hatte. Bloß gut, dass die Oma wenigstens das Fahrgeld erstattet hat, wo es bei ihr nicht einmal etwas zu essen gab. Deshalb hatte Konrad auch einen Löwenhunger, was die Mutter schon geahnt hatte und ein paar Eier gekocht hatte. Schnell wurden Brotscheiben geschnitten, mit Eischeiben belegt und eine zweite Brotscheibe daraufgelegt – fertig war die sächsische Doppelbemme. Das war Konrads Welt. Heißhungrig verschlang er die Bemme, sodass die Mutter noch eine zweite machen musste, während dessen Konrad seine Reiseabenteuer erzählte, vor allem, dass er von der Oma nichts zu essen bekommen hat, was die Mutter sehr empörte. Sie tröstete Konrad damit, dass der Vater eine Reise mit der gesamten Familie nach

Berlin geplant hat. In Berlin-Charlottenburg, also West-berlin, hatte der Vater einen ehemaligen Kriegskamera-den wohnen, den er einmal besuchen wollte. Außerdem haben wir auch noch die Tante Klara, eine Schwester von Oma Amanda, die mit ihrer Tochter und deren Ehemann in Ostberlin ein schönes Einfamilienhaus bewohnten.

REISE NACH BERLIN

Irgendwann war es soweit, wir fuhren allesamt nach Berlin. Um Geld zu sparen fuhr man mit dem Personenzug, dritte Klasse auf Holzbänken. In der Heimatstadt von Konrads Vater mussten sie das erste Mal umsteigen in den Zug, welcher sie bis nach Berlin bringen sollte. Obwohl wir fünf Personen waren, hatten alle anfangs einen Sitzplatz auf den harten Holzbänken. Damals war es noch Usus, dass Kinder aufstanden, wenn die Zusteigenden ältere Leute oder Frauen waren. Man stelle sich vor, das bis zirka vierzig Haltepunkte des Zuges für die Kinder ein dauerndes Aufstehen und Hinsetzen war, worüber sie aber in Anbetracht der harten Holzbänke nicht immer böse waren.

Die Eltern blieben die ganze Fahrt sitzen, außer sie mussten mal aufs Klo und das war ein unbeschreibliches Abenteuer, dessen Beschreibung der Autor lieber weglassen will. Und die Fahrt zog sich hin, Stunde um Stunde. Auch die Landschaft war langweilig, kilometerweit Kiefernwald. Der Zug hielt an jedem Briefkasten, mehr war meist nicht zu sehen in Preußen – ein langweiliges Land. Nach Stunden hörten die Wälder plötzlich auf, die Bahn überquerte Wasserläufe, passierte große Seen und die ersten Häuser von Berlin tauchten auf. Die bis dahin alle Reisenden beherrschende Lethargie verwandelte sich plötzlich in eine Euphorie. Alle wollten ans Fenster und die ersten Eindrücke aufsaugen von Berlin, von Westberlin. Von Berlin war für die

Ostdeutschen, damals schon DDR-Bürger, natürlich nur Westberlin interessant.

Der Zielbahnhof des besagten Zuges lag irgendwo in Westberlin. Von diesem Bahnhof waren alle weiteren Reiseziele mit der S-Bahn zu erreichen. Dafür waren die Ortskenntnisse von Konrads Mutter absolut nützlich für die weitere Reise. Konrads Mutter hatte viele Jahre ihres Lebens in Berlin bei ihrer Tante Klara verbracht, deren Familie, genau wie die von Konrads Oma Amanda, nach dem Ersten Weltkrieg aus ihrer Heimat Posen vertrieben worden war. Die einen waren in einem Nest in Sachsen gelandet (Amanda) und die anderen in Berlin (Klara).

Zuerst sollte aber der ehemalige Kriegskamerad von Konrads Vater aufgesucht werden. Irgendwie war das Haus schnell gefunden. Es befand sich in einer Gegend, die vom Krieg nicht betroffen war, eine hässliche Straße mit hässlichen fünfstöckigen Wohnhäusern mit noch hässlicheren Hinterhäusern, welche von winzigen Hinterhöfen unterbrochen waren. Und in so einem Hinterhaus im Erdgeschoss wohnte der besagte ehemalige Kriegskamerad von Konrads Vater. Kein Sonnenstrahl erreichte den Hof, geschweige die Wohnung. Obwohl Konrads Familie nicht aus dem Reichtum kam, war aber diese Wohngegend absolut beängstigend, sodass der Besuch recht kurz ausfiel.

Ein Stadtbummel durch Charlottenburg schloss sich an. Auf der nächsten Hauptstraße sah das schon ganz anders aus, da war schon der Wohlstand ausgebrochen, es gab alles was das Herz begehrt. Nagelneue Autos, Motorräder und tolle Fahrräder beherrschten das Straßenbild. An den Autos stach Konrad ein Globus über dem Kühler der meisten Fahrzeuge ins Auge. Opel-Olympia lautete der Schriftzug am Kotflügel dieser Autos, was ihm zwar nicht viel sagte, aber die Häufigkeit dieser Automarke erkennbar machte; und was waren die Autos schön. Konrad träumte von einem Fahrrad, sein Bruder Günter wünschte sich einen Fotoapparat. „Du brauchst Schuhe", sagte die Mutter. Schwester Ruth träumte von schönen Stoffen für ein Kleid zur bevorstehenden Konfirmation oder von einem fertigen Kleid. Es gab alles. Die Eltern hatten andere Sorgen, nämlich der Kauf von Lebensmitteln, weshalb die Familie eigentlich nach Berlin gefahren war. Für die Kinder war das unwichtig, obwohl sie dauernd Hunger hatten, vor allem auf die herrliche Schokolade und andere Süßigkeiten, die sie überhaupt nicht kannten. Auch Kaugummi aus Amerika – etwas ganz tolles. Stundenlag konnte man darauf herumkauen.

Wie Konrads Eltern das mit dem Geld gemacht haben, das wusste er noch nicht, interessiert Kinder auch nicht. Günter bekam das meiste, ein paar neue Schuhe, die brauchte er unbedingt. Echte Lederschuhe mit Kreppsohle, das war damals der absolute Renner. Was gab es da alles in Westberlin.

Obwohl noch viele Häuser stark beschädigt waren, gab es trotzdem schon viele Läden in Häusern, wo die Obergeschosse gar nicht mehr da waren. Händler, die keinen Laden hatten, präsentierten ihre Waren auf Tischen auf der Straße. Konrad hätte alles gebrauchen können, was er sah, vor allem Spielzeuge aller Art. Cowboy-Ausrüstungen mit Spielzeug-Colts. Und Wasserpistolen hatten es ihm besonders angetan. Eine Wasserpistole aus durchsichtigem Kunststoff wollte er haben und bettelte die Eltern solange an, bis sie nachgaben und diese kauften. Sie war schön verpackt und wurde vom Händler nicht vorgeführt. Zu Hause kam dann die große Enttäuschung für Konrad, die Wasserpistole funktionierte nicht. Da half kein Schütteln oder Stoßen, auch kein Gebet – das Ding wollte nicht.

Die Familie war aber noch in Berlin, das heißt Westberlin. Für die Eltern galt es nun, das wenige Geld was sie hatten für Lebensmittelkäufe einzusetzen. Der Renner waren Bücklinge, eine Kiste. Dann kamen Rollmöpse, auch eine große Dose, dran. Und dann war das Westgeld auch alle, wie Konrad mitbekam. Ruth bekam damals noch nichts. Für sie sollte später einmal Stoff für ihre bevorstehende Konfirmation gekauft werden, aber darauf musste erst wieder streng gespart werden. Im Laufe des Aufenthaltes und der Gespräche der Großen bekam Konrad mit, dass unser Ostgeld erst in Westgeld umgetauscht werden musste, und das das Ostgeld viel weniger wert war als das Westgeld.

Beladen wie sie waren, konnten sie dieses Mal Tante Klara nicht besuchen und fuhren an dem Tag spät abends wieder nach Hause. Die eingekauften Bücklinge und Rollmöpse reichten nicht lange, die nächste Berlinreise stand an.

Dieses Mal fuhren sie mit einem D-Zug, weil dieser in Ostberlin endete und wir zuerst Tante Klara und Familie aufsuchen wollten. Konrads Mutter erzählte einmal, dass die Tochter von Tante Klara mit Namen Emmi mit ihrem Mann kurz nach dem Krieg bei uns aufgetaucht war, um ein paar Kartoffeln zu ergattern – wir hatten aber selber nichts. Mittlerweile hatte sich das Blatt erheblich gewendet, jetzt sind wir die Bettler.

Tante Klara und ihre Familie wohnten in Berlin-Mahlsdorf. In einer herrlichen Siedlung besaßen sie ein schönes Einfamilienhaus auf einem großen Grundstück mit einem Gartenhaus, in welchem Klaras Tochter Emmi mit ihrem Mann sehr luxuriös wohnte. Konrads Mutter hatte einmal erzählt, dass Emmi dazumal einen Verlobten hatte, welcher als Maurer erheblich am Bau des besagten Einfamilienhauses und des Gartenhauses beteiligt war. Anschließend hatte Emmi ihm den Laufpass gegeben, wonach der arme Mann nach Amerika auswanderte.

Nach stundenlanger Reise mit dem Zug, der S-Bahn mit mehrmaligen Umsteigen – bloß gut, dass Konrads Mutter sich in Berlin so gut auskannte – zuletzt mit der Straßenbahn, die direkt vor Klaras Haus eine Haltestelle hatte, kamen sie endlich an. Die Begrüßung durch Tante Klara war relativ herzlich. Konrad fand sie sehr ähnlich seiner Oma Amanda, genauso ausgemergelt, so vom Leben gezeichnet und auch im Alter voller deutscher

Unrast. Kaum hatte sie alle untergebracht, hatte sie schon keine Zeit mehr für ihren Besuch. „Wenn ihr Hunger habt, müsst ihr euch nehmen, ich esse beizu." Genau das war der Spruch, den Konrad noch sehr oft in seinem Leben hören wird.

Konrads Mutter ist teils bei ihrer Mutter Amanda in D… und teils bei ihrer Tante Klara in Berlin aufgewachsen, je nachdem, wer sie am meisten zur Arbeit brauchte. Klara hatte nicht nur das Haus mit großem Garten, nein, sie hatte noch ein größeres Grundstück in Berlin-Glienicke.

1903 wurde Konrads Mutter in der Provinz Posen, in den ehemaligen deutschen Ostgebieten, geboren, aus denen schon nach dem Ersten Weltkrieg die Deutschen vertrieben worden waren und das dann polnisch wurde. Da war Konrads Mutter fünfzehn Jahre alt, fast erwachsen. Geboren wurde sie als uneheliches Kind von ihrer Mutter Amanda. So tragisch kann das nicht gewesen sein, denn Amanda hat kurz danach einen neuen Mann gefunden und noch weitere fünf Kinder geboren. Sie waren eine alte Eisenbahnerfamilie, wie es damals viele gab. Eisenbahner mit eigener Landwirtschaft. Kam ein Zug, wurde die Hacke fallen gelassen und das Signal gestellt. War der Zug durch, griffen wieder alle zur Hacke oder molken die Kuh oder taten, was so auf einem Bahnhof mit angeschlossener Landwirtschaft zu tun war. Alle waren Eisenbahner, außer Konrads richtiger Großvater, der sollte Gutsinspektor gewesen sein, erzählte manchmal die Mutter. Amanda war eine bildschöne Frau, als sie jung war, was Konrad auch an dem Bild, welches Krieg und Vertreibung überlebt hatte und bei ihr im Wohnzimmer hing, feststellen konnte, als er größer war.

Es gab auch Lokführer in der Verwandtschaft. Ein Onkel Adolf tauchte einstmals in D… auf und besuchte Konrads Mutter. Sie hatten sich viel zu erzählen aus der alten Heimat und von den noch lebenden Verwandten. Wo und wie sie lebten. Für Konrad war das wahnsinnig interessant.

Nicht alle Verwandten von Konrads Mutter waren Eisenbahner. Einer war Förster, Onkel Ernst. Konrad hatte ihn bei einem Besuch bei Tante Klara kennengelernt, er war ein Bruder von Amanda und Klara. Förster und Jäger in den riesigen Wäldern Posens war er einstmals – ein Traumberuf. Die Mutter erzählte ihm, dass Onkel Ernst von den Nazis verhaftet worden war, weil er sein gesamtes Waffenarsenal aus seiner Heimat nach Berlin mitgeschleppt und nicht gemeldet hatte, was wahrscheinlich als illegaler Waffenbesitz geahndet wurde. Seitdem war Onkel Ernst ein wenig irre, sagte meine Mutter, was Konrad auch spürte, vor allem an den irren Augen. Dann erzählte er Schauergeschichten vom Teufel, den er auf der Jagd gesehen hätte und andere Geschichten, bei denen es Konrad grauste und die Mutter abmildern musste mit den Worten: „Der Onkel ist ein bisschen verrückt, das brauchst du nicht alles glauben, was er erzählt." Damit beruhigte Konrad sich wieder, aber Angst hatte er doch vor Ernst.

Ernst hatte auch noch eine unverheiratete Tochter und lebte mit dieser in einer Wohnung. „Ein armes Ding", sagte die Mutter immer, wenn sie diese traf oder an sie dachte. „Sie hat viel zu leiden unter ihrem verrückten Vater." Dazu kam, dass sie auch noch behindert war, sie lahmte ein wenig.

Tante Klaras Mann hatte Konrad nie kennengelernt. Er war auch Eisenbahner, Stellwerksmeister, wie es hieß. Offensichtlich hatten die Vertriebenen aus den deutschen Ostgebieten auch schon nach dem Ersten Weltkrieg einen angemessenen Wertausgleich, entsprechend ihrer alten Besitzungen, in der neuen Heimat erhalten. Die einen, Amandas Familie, war in D… gelandet und hatte ein großes Mehrfamilienhaus erworben. Die anderen sind in Berlin hängengeblieben und haben ein tolles Einfamilienhaus gebaut. All das kostete doch viel Geld.

Tante Klara wohnte allein in ihrem Einfamilienhaus, der Ehemann war schon lange tot, der Sohn gefallen und im Gartenhaus wohnte die Tochter mit ihrem Ehemann, ohne Kinder. Sie waren Neureiche, hatten in Berlin-Köpenick einen Rundfunkladen mit Reparaturwerkstatt, ein Renner in der damaligen Zeit. Zeitlich begrenzt, da der Laden im Osten lag, aber damals dachte noch keiner daran, dass das einmal Schluss sein könnte. Kuhne hießen sie und hatten sogar schon oder noch ein Auto mit weißen Reifen, erinnerte sich Konrad. Eine tolle Mercedes-Limousine, die in der modernen Tiefgarage im Vorderhaus stand und täglich zur Fahrt zum Geschäft von Herrn Kuhne genutzt wurde.

Als die Familie den beiden zur Begrüßung ihre Aufwartung machte, empfing sie eine eisige Kälte der Ablehnung. Nicht einmal Konrads Vater, von dessen Schwerbeschädigung sie wussten, boten sie einen Sitzplatz an, sodass sich der Besuch schnell erledigt hatte. Mit diesem Herrn Kuhne hatte Konrads Familie in der Zukunft nie wieder etwas zu tun, außer Ruth, welche in späteren Jahren für den Herrn interessant wurde. Aber das ist eine andere Geschichte.

Tante Klaras Sohn war im Zweiten Weltkrieg gefallen. Er war in Apolda verheiratet und hinterließ Ehefrau und einen Sohn. Und genau dieser Sohn machte alle Hoffnungen von Amandas gesamter Familie zunichte, die alle auf das Filetstück Tante Klaras scharf waren. Damals lebten aber noch alle Berliner.

Konrad und der Haupterbe Tante Klaras, Henry, lernten sich irgendwann in den Ferien kennen. Sie waren fast gleichaltrig. Schöne Tage verlebten sie gemeinsam auf dem Grundstück. Nicht nur das Gartenhaus, sondern auch eine romantische Gartenlaube galt es zu ergründen. Dabei entdeckten sie ein riesiges Hornissennest. Henry griff zu einem Knüppel und fing an, es zu zerstören, worauf die Hornissen ausschwärmten und sie angriffen. Mit Händen und Beinen wehrten sie die Angriffe ab. Henry bekam verdienterweise die meisten Stiche ab, bis wir uns im Haus in Sicherheit gebracht hatten.

Am nächsten Tag gab Tante Emmi Henry fünfzig Mark in die Hand mit dem Auftrag, ein Päckchen Kaffee in Westberlin einzukaufen. Das war nichts Besonderes, da liefen wir Knirpse los, ohne Hemmungen. Das waren noch echte deutsche Jungen, die die letzten Jahre des Krieges miterlebt hatten, da ist doch der Einkauf von Kaffee in Westberlin ein Klacks, so dachten die beiden. Natürlich wurde der Auftrag auch ausgeführt, was Tante Emmi auch besonders hervorhob. Es war selbstverständlich, dass Sechsjährige sich von Ostberlin aufmachten, um in Westberlin Kaffee einzukaufen, für Tante Emmi, der Neureichen, ohne eigene Kinder.

Auch Tante Emmi wurde nicht alt. Sie starb noch vor ihrer Mutter. Welch eine Tragödie – alle tot, nur Tante Klara und ihr Enkel Henry lebten noch.

Wir machen einen Sprung in die Neuzeit, als Konrad erwachsen war und mit seiner damaligen Freundin und heutigen Frau ein letztes Mal Tante Klara besucht hatte. Sie empfing uns völlig vereinsamt, alle waren tot, außer ihr Enkel. Geistig umnachtet versuchte sie eine Unmenge von Wollknäueln und Lumpen auf einem Tisch zu ordnen – ohne Ergebnis. Zu guter Letzt fischte sie einen alten Fuchspelz aus ihrem Haufen und übergab sie den beiden. Das war das Letzte, woran er sich in Verbindung mit Tante Klara erinnern konnte. Berlin war damit für Konrad vorläufig kein Thema mehr.

DIE SCHULE – II. TEIL

Wir schon im vorangegangenen Kapitel beschrieben, befand sich die Schule in unmittelbarer Nähe von Konrads Wohnhaus. Eigentlich hatte Konrad überhaupt keine Zeit für die Schule, viel interessantere Dinge harrten seiner, zum Beispiel der Hof von Gerickes. Doch Schule musste sein, da ließen die Eltern auch keine Nachlässigkeiten zu. Der große Bruder Günter war bereits in der achten Klasse und schloss diese bald mit einer Abschlussprüfung ab. Er und Schwester Ruth gingen gern in die Schule und hatten auch gute Noten. Für Konrad wurden sie von den Eltern als Vorbilder hingestellt. Aber Konrad stand ja erst am Anfang seiner Schulzeit, da konnte noch viel kommen.

Im ersten Jahr hatten die Schüler maximal drei Stunden am Tag, sodass Konrad spätestens elf Uhr schon wieder zu Hause war. Um die Ernährung der Kinder, und es waren viele, einigermaßen zu unterstützen, gab es staatlicherseits in der Schule täglich eine Suppe, Rennfahrersuppe genannt, weil Radrennfahrer diese Suppe während der Fahrt aus der Flasche trinken konnten, so dünn war sie, aber heiß, sodass das Essen ewig dauerte. Vorher, nach der ersten Stunde gab es einen viertel Liter Milch und ein Brötchen dazu. Diese Zuteilung wurde damals von der ersten Regierung der DDR angeordnet und damit die Ernährung und das Überleben der Kriegs- und Nachkriegskinder gesichert. Denn es gab kaum Eltern, die ihren Kindern etwas zu essen in die

Schule mitgeben konnten. Der Hunger war in jeder Familie ständiger Gast. Die Rennfahrersuppe hielt meistens bis Mittag an, dann musste die Mutter sich schon wieder etwas einfallen lassen. Mehlsuppe mit Klumpen aus eigener Mehlproduktion oder Kartoffelpuffer aus Kartoffelschalen oder eine Kartoffelsuppe waren damals die häufigsten Gerichte. Das größte Glück für Konrad war es, wenn die Mutter mit dem Fahrrad von der Mühle Kattersnaundorf kam und ein frisches Brot und manchmal sogar ein Weißbrot nach Hause brachte. Manchmal waren die noch von der Sonne warmgehalten. Da konnte sich Konrad nicht beherrschen und biss sich ein großes Stück aus dem Brotkanten heraus und verschlang es heißhungrig. Ein noch größerer Genuss war der Biss ins Weißbrot. Da musste er sich buchstäblich losreißen. „Die anderen wollen auch etwas haben", sagte die Mutter und stoppte Konrads Gier.

Die Deutschen, vor allen die Ostdeutschen, mussten sich damals selbst aus dem Dreck ziehen, das entspricht ihrer Mentalität. So war auch Konrads Mutter. Eines Tages brachte sie eine junge Ziege mit nach Hause. Der Ziegenstall von Oma Amanda war gerade frei und da quartierte Konrads Mutter diese Ziege ein.

Aber zurück zur Schule. Konrad lernte fleißig lesen, schreiben und rechnen und im Nu waren die ersten drei Schuljahre vorüber. Aber dann kam ein Knackpunkt. Ab vierter Klasse gab es einen neuen Lehrer, ein Herr Pfeiffer. Ein absoluter Widerling. Groß und vierschrötig, ein pockennarbiges Gesicht, auf dem dauernd irgendwelche kleine Pflaster auf den blutenden Pickeln klebten. Und vor allem eiskalte Augen, die machten allen Angst. Schon nach den ersten Schulstunden bei Herrn Pfeiffer war Konrad die Freude an der Schule völlig vergangen. Konrad hatte den Eindruck, dass Pfeiffer ihn ganz besonders auf dem Kieker hatte. Konrad hatte mittlerweile den Kontakt zu seinem Freund auf dem Kohlenhof Gericke erhöht und hielt sich in seiner Freizeit häufig auf dem Hof und in der Nähe der Pferde, seinen Lieblingen, auf. Irgendwie muss das Pfeiffer erfahren haben und pisackte Konrad dauernd betreffs seiner Freizeitaktivitäten vor der gesamten Klasse. Das belastete Konrad sehr stark und er begann diesen Menschen immer mehr zu hassen. Hinzu kam noch, dass dieser Mensch Pfeiffer an der Schule eine Freundin hatte, ein Fräulein Krupp, die Mathematik unterrichtete. Die machte das Kraut noch fett. Ein furchtbares Weib, das nicht nur streng aussah, sondern auch furchtbar streng war, und das in Mathematik. Alle Schüler in Konrads Klasse litten unter diesen beiden Tyrannen: Pfeiffer und Krupp. Fräulein Krupp, schwarzhaarig, mit dem schwarzen Schatten eines frisch rasierten Bartes im Gesicht und furchtbar behaarten Beinen, welche damals durch die Nylonstrümpfe, welche die Frauen zum Rock trugen, sichtbar waren. Hosen trugen damals nur Russenweiber bei der Roten Armee. Alles in allem, ein furchtbares Weib, genau passend zu dem furchtbaren Kerl Pfeiffer.

52

Konrad wollte und konnte das nicht mehr ertragen und ließ sich mit Hilfe seiner Eltern an eine andere Schule versetzen, irgendwie war das damals ganz leicht möglich. Friedensschule hieß die neue Schule. Sie lag gleich gegenüber der Arbeitsstätte seines Vaters, der Schokoladenfabrik. Außer, daß der Schulweg nun viel länger war, gibt es nicht viel zu berichten. Nur ein kleines Mädchen in der Klasse hatte es ihm angetan. Alle liebten sie, ein bildhübsches Mädchen, ganz im Gegensatz zu ihrer Mutter, einer hässlichen Frau mit dicken Krampfaderbeinen. Einen Vater hatte sie nicht. Ein näherer Kontakt Konrads mit seiner heimlichen Liebe kam nie zustande. Sie haben nie ein Wort miteinander gewechselt.

Da Konrad immer noch Kontakt zu seinen alten Schulkameraden hatte, er musste ja auf dem Weg zu seiner neuen Schule an seiner alten Schule vorbei, erfuhr er, dass der allgemein verhasste Lehrer Pfeiffer wegen unmoralischem Verhalten von der Schule geflogen ist. Der hat nämlich nicht nur das Fräulein Krupp, sondern auch viele andere Lehrerinnen der Schule, denn es waren ja meist Frauen, gevögelt, was Fräulein Krupp ihm sehr übelnahm und ihn angeschmiert hat. Sie selbst war dann auch weg, vielleicht ihm hinterher. Keiner hat ihnen nachgetrauert.

Konrad war wieder in seiner alten Schule. Vierzig Schüler in einer Klasse. Die meisten kamen eigenartigerweise aus der anderen Richtung der Stadt und hätten eigentlich in die Schule gehört, aus welcher Konrad sich gerade versetzen lassen hat. Konrad gewöhnte sich schnell in die Klasse ein, wobei natürlich auch der Lehrer beitrug. Herr Brode hieß er und kam aus Leipzig. Konrad fand ihn von Anfang an nicht unsympathisch, obwohl er bei Lehrern recht skeptisch war. Die Klasse setzte sich jeweils zur Hälfte aus Mädchen und Jungen zusammen, wobei auf einer Bank immer ein Mädchen und Junge saß, und dass war neu für Konrad, denn in diesem Alter finden Jungen die Mädchen nicht gerade liebenswert, und abgucken ließen die gleich gar nicht, wusste Konrad. Ganz hinten saß der Klassenprimus, ein ganz Vorlauter, der schon manchmal den Lehrer versuchte übers Maul zu fahren, worauf Herr Brode ihn aber kräftig zusammenschiss mit den Worten: „Nimm dir nicht zu viel heraus, schließlich haben wir nicht zusammen im Schützengraben gelegen." Da war der Primus stille. Konrad hielt in diesem Falle auf den Lehrer, schließlich war dieser wesentlich älter als der Primus, hatte den Krieg als Soldat mitgemacht, was er später öfters erzählt hat und war der Klassenlehrer. Aber das renkte sich in der Folge wieder ein und der Primus war auch weiterhin der Primus. Neben ihm saß die weibliche Form des Primus – heute würde man vielleicht „die Prima" sagen, wie die Muslime ihre Frauen als Muslima bezeichnen. Aber damals gab es die noch nicht. Damals gab es nur die Russen bei uns in der DDR. Deshalb gab es ab der fünften Klasse Russischunterricht an der Schule. Keiner liebte diesen, vor allem die Lehrerin nicht, die auch manchmal aus Verzweiflung das Klassenzimmer verließ und vor der Tür erst einmal eine Runde geheult hat; und wenn die Klasse zu laut wurde, tauchte auch mal der Direktor auf, ein eiskalter Hund. Vor dem hatten alle Schiss. Ein alter Kommunist, unterrichtete Geschichte. Die bestand hauptsächlich aus der Geschichte der Arbeiterklasse, die Bauernkriege unter Thomas Müntzer eingeschlossen. Trotzdem tolerierten die kommunistischen Machthaber damals auch noch die Kirche, so gab es regelmäßig Religionsunterricht nach einem festen Stundenplan. Anfangs noch direkt in der Schule, später dann in einem kirchlichen Objekt, was sich in der Nachbarschaft der Schule befand.

Gegenüber der Schule befand sich ein geheimnisumwittertes Haus, in der täglich finstere Männer aus- und eingingen. Bald sprach es sich herum, dass das Haus ein Stasi-Objekt war. Was die darin gemacht haben, das haben Konrad und seine Klassenkameraden nie erfahren. Alle hatten jedenfalls einen mordsmäßigen Respekt vor den finster blickenden Männern.

In der Schule herrschte ein gewisser militärischer Drill, den die Kommunisten von den Nazis gleich mit übernommen hatten, obwohl sie immer sagten, dass sie in der Nazizeit nicht dabei waren. Siebzehn Millionen nicht dabei, eine große Lüge. Dass bekannterweise die alten Nazis im Westen sehr gut weggekommen sind, das wurde den DDR-Bürgern dauernd über Radio und später das Fernsehen versucht einzuhämmern. Keiner glaubte es damals.

Alle Schüler mussten damals ein weißes Hemd mit Pionierabzeichen, blaues Halstuch und eine blaue Hose oder die Mädchen einen blauen Rock zum täglichen Fahnenapell auf dem Schulhof tragen. Das setzte voraus, dass alle Mitglied in der Pionierorganisation der DDR waren. An den Schulen wurden die Pioniere von einem Pionierleiter angeleitet. Die Pioniere waren in Gruppen aufgeteilt und wurden von einem Gruppenleiter angeführt. Der Pionierleiter oder -leiterin war ein junger Mensch, Mitglied der Freien Deutschen Jugend (FDJ) und der SED. Als FDJ-Funktionär trug er oder sie ein blaues FDJ-Hemd mit FDJ-Wappen. Natürlich musste Konrad das auch mitmachen. Die Pionierklamotten mussten die Eltern bezahlen, wo die schon kein Geld hatten.

Der Fahnenapell montags war ihm ein Graus. Es gab aber einige, wie die Gruppenleiter, die waren voll Begeisterung dabei und kommandierten die Übrigen. Da wurde eine Losung aufgesagt, stillgestanden und eine FDJ- oder Pionierfahne und DDR-Staatsflagge gehisst. Erst nach dieser Zeremonie begann der offizielle Unterricht, und dann noch mit Geschichte mit dem Eiskalten, so nannte Konrad im Geheimen den Herrn Geschichtslehrer. Wenn er den sah, musste er immer an die finsteren Männer von gegenüber denken, so ähnlich sahen die sich. Aber genau so viel Angst wie vor dem kommunistischen Geschichtslehrer hatte Konrad vor dem Mathelehrer. Im Matheunterricht waren auch die größten Rowdys mucksmäuschenstill, immer hoffend, sie kommen nicht an die Tafel, denn das war die absolute Folter. Da lebte der Mathelehrer auf. Er genoss buchstäblich die Angst des Schülers, den er als Tafel-Opfer ausgesucht hatte. Auch Konrad blieb nicht verschont. „Konrad an die Tafel!", erscholl es wie ein Peitschenhieb. Mit weichen Knien schlich Konrad zur Tafel und nahm mit zittrigen Händen die Kreide in die Hand. Der Lehrer diktierte die Aufgabenstellung. Mit zittriger Hand schrieb Konrad die Zahlen der Aufgabe an die Tafel. „Jetzt ausrechnen!", donnerte wieder die Stimme des Lehrers. Vor Konrads Augen fingen die Zahlen an zu tanzen, alles verschwamm, Angst bemächtigte sich seiner. Die hämischen Blicke seiner Klassenkameraden bohrten ihm ins Genick, obwohl er sie nicht sah. Bloß nicht umdrehen und das hämische Grinsen vom Klassenprimus sehen, bloß das nicht. Konrad nahm alle Energie zusammen, die Zahlen wurden klarer und der Rechenweg entwickelte sich langsam bis zur nächsten Hürde und es stockte wieder. ‚An der Tafel wird das nichts, da kann ich nicht rechnen', dachte Konrad. Den meisten seiner Klassenkameraden ging das genauso, außer dem Klassenprimus, der konnte alles. Seine Banknachbarin hatte zwar auch keine Ahnung in Mathe, hatte aber trotzdem immer gut Noten. Wen die an die Tafel kam, und das kam selten vor, wusste sie die gesamte Aufgabe auswendig, aber wehe, es kam eine Abweichung vom Lehrbuch dazwischen, dann kam alles kurz ins Stocken und sofort sprang der Mathelehrer voller Hingabe und Freundlichkeit hinzu und half ihr bis zum Schluss. Eine gute Note war ihr dann sicher. Der Mann war so ungerecht gegenüber den Jungen, außer gegenüber dem Primus, sodass diese alle schlechtere Noten als die Mädchen hatten. Konrad kam aber trotzdem im Mittelfeld über die Runden. Sein Interesse entwickelte sich mehr in Richtung Landwirtschaft und Tiere.

DER LANDWIRT GERICKE

Der Betrieb befand sich auf halben Weg zwischen Konrads Schule und der Wohnung. Von frühester Kindheit an, kannte Konrad das Objekt. Wenn er aus der Schule kam, blieb er erst einmal am offenen Tor des Betriebshofes der Firma Gericke stehen. Diese Firma war eine Kombination zwischen einem Handelsbetrieb, also Kohlenhandlung, sowie eines Landwirtschaftsbetriebes mit eigenen landwirtschaftlichen Nutzflächen, welche sich mehr oder weniger am Ortsrand der Stadt befanden.

Auf dem Hof herrschte meist ein reger bäuerlicher Betrieb, auf einer Grundfläche von zirka zweitausend Quadratmetern. Zur Straße hin begrenzten das Wohnhaus, ein Zweifamilienhaus mit Vorratskeller, ein großes Tor und die Stirnseite eines Nebengebäudes den Hof. Das Tor stand tagsüber meist offen, sodass Konrad sich im Laufe der Jahre einen genauen Überblick über das Geschehen auf dem Hof machen konnte. In der oberen Wohnung des Familienwohnhauses der Familie Gericke wohnte eine alleinstehende Frau mit ihren Kindern: zwei Töchter und ein Sohn in Konrads Alter, Klaus. Konrad beneidete Klaus immer, wenn er ihn neben Herrn Gericke auf dem Kutschbock sitzen sah und sie aus dem Hof fuhren. Wo mögen die wohl hinfahren, fragte sich Konrad immer. Wie gern würde er mit Klaus tauschen und so wurden sie bald dicke Freunde.

Anfangs ließ Klaus Konrad in dem Glauben, er wäre der Enkel vom Ehepaar Gericke und führte ihn, wenn keiner von der Familie da war, über den Hof und zeigte ihm alles. Die Schweineställe, den Pferdestall ohne Pferde, die Scheune und andere diverse Nebengebäude. In der Mitte des Hofes befand sich der Misthaufen. Daneben befanden sich die Außenklosetts der Hausbewohner, aller, denn im Wohnhaus selbst befand sich weder ein Bad, noch eine Toilette. Wer auf das Trockenklosett (nur dem Namen nach) wollte, musste über einen etwa vierzig Zentimeter breiten Laufsteg, welcher über der Jauchegrube, die bis obenhin gefüllt war, schwappte, eines von den vier vorhandenen Häuschen erreichen. Eines Tages überkam es Konrad plötzlich und auch er musste diesen abenteuerlichen Weg in eines dieser Häuschen gehen. Im Häuschen erwartete ihn noch Schlimmeres. Der Fußboden war von der Jauche aufgeweicht. Beim Anheben des Klodeckels und dem entsetzlichen Anblick und Gestank, der ihm entgegenschlug, verging ihm sogar das anstehende Kotzen und er verließ fluchtartig dieses Objekt des Ekels. Nie hat er diesen Ort jemals wieder aufgesucht. Klaus machte das nichts aus, auch den anderen Hausbewohnern, einschließlich der Herrschaften, nicht.

Langsam bekam Konrad mit, dass Klaus mit der Familie Gericke überhaupt nicht verwandt war. Er und seine Familie waren nichts anderes als Mieter bei der Familie Gericke. Die Familie bestand aus Herrn und Frau Gericke, sowie einer Tochter. Für Konrad war das

Ehepaar Gericke alt, vor allem Herr Gericke, ein drahtiger, mittelgroßer Mann, wenig Haare auf dem Kopf, auf
welchem er meistens einen Lappen in Form einer Mütze
trug. Das Gesicht war von Wind und Wetter gegerbt.
Unter der Nase trug er einen Hitler-Bart, eine sogenannte Rotzbremse. Konrad wusste von alten Fotos und
Büchern wie Adolf Hitler ausgesehen hatte und genauso
sieht Herr Gericke aus, dachte Konrad immer, wenn er
ihn ansah.

Sprechen war nicht Gerickes Welt. Wenn der am Trag
drei Worte gesagt hat, dann war das viel. Meistens
sprach er nur mit den Pferden, wobei sich die Kommunikation mit „Hü" und „Hott" erschöpfte. Alwin, so
war sein Vorname, ähnlich wie Adolf. Auch das passte.
Alwin sprach zwar nicht viel, blies dafür immer in
regelmäßigen Abständen die Backen auf und ließ dann
wieder die Luft ab – das machte er den ganzen Tag.
Aber all das hat Konrad überhaupt nicht gestört, denn
er wollte eines Tages statt Klaus neben Herrn Gericke
auf dem Kutschbock sitzen, richtig gesagt, Pferdewa-
genbock, denn mit einer Kutsche hatte der überhaupt
nichts gemein.

Frau Gericke war eine resolute Bauersfrau. Sie führte
das Kommando auf dem Hof. Vor allem war sie für die
Schweine verantwortlich. Da gab es immer eine fette
Sau mit einer großen Anzahl Ferkel. Konrad konnte
einmal miterleben, wie Herr Gericke in Begleitung eines
fremden Mannes einen Rieseneber, wie Konrad mitbekam ein Zuchteber, auf dem Pferdewagen in einer

großen Kiste mit Tragegriffen antransportierte. Vier Mann mussten anfassen, um den Eber abzuladen. Dann ließ man ihn aus der Kiste frei und führte ihn in den Stall, wo die Sau bereit zum Empfang war. Und schon stieg der Eber auf die Sau und grunzte wollüstig. Alle standen drumherum, was Eber und Sau überhaupt nicht störte. Ein prächtiger Eber, sagten alle. Das gibt herrliche Ferkel, war die einhellige Meinung der Umstehenden. Bei dem Riesensack, den der Eber hatte, kein Wunder, dachte Konrad. Lange hat die Sache nicht gedauert – ein Geldschein wechselte den Besitzer und der Eber wurde wieder abtransportiert. Für Konrad war das besser als jeder Biologieunterricht.

Insgesamt standen mindestens zwanzig Schweine und zwei Kühe in den Ställen des Hofes, die hauptsächlich von der Bäuerin versorgt wurden. Sie war ständig in Arbeitsklamotten gekleidet und an den Füßen trug sie ausschließlich Gummistiefel, wie alle anderen auch, die auf diesem Dreckhof tätig waren. Nur die Tochter des Hauses hielt sich vornehm zurück. Die ließ sich nur sehr selten auf dem Hof blicken. Vielleicht kocht die das Essen, dachte Konrad, denn erwachsen war sie auf jeden Fall, bei dem Alter ihrer Eltern. Und schön war sie auch nicht, was Konrad auch überhaupt nicht interessierte.

In den folgenden Wochen und Monaten näherte sich Konrad immer mehr dem Hofbetrieb der Firma Gericke an. Vor allem versuchte er immer öfter in den Pferdestall vorzudringen, wenn die Pferde drinstanden, und das war nur nach getaner Arbeit am späten Nachmittag oder sogar erst abends der Fall. Hans und Lotte waren die wichtigsten Produktionsmittel der Firma Gericke. Sie mussten den Pflug, die Sämaschine, die Erntemaschinen, Wagen aller Art bis hin zu Kohlewagen in Bewegung bringen. An diesen beiden Kreaturen hing die gesamte Funktion, das heißt das Leben dieser Firma. Wehe, wenn eines dieser Tiere ausgefallen wäre. Konrad konnte sich nicht daran erinnern. Aber geschunden haben sich auch die Menschen. Jeder Morgen, außer sonntags, was aber auch nicht sicher war, da konnte ja eine Lore, so nannte man den offen Eisenbahnwaggon, Kohle durch die Bahn bereitgestellt werden und diese musste innerhalb einer bestimmten Zeit abgeladen werden, sonst gab es Vertragsstrafen.

Die Morgenstunden erlebe Konrad selten mit, da war er in der Schule. Zur Mittagszeit kehrte Herr Gericke mit dem Pferdegespann von der Arbeit auf den Hof zurück, um sein Mittagbrot einzunehmen und sich etwas auszuruhen. Auch die Pferde bekamen eine Zwischenmahlzeit in Form von Hafer, welche in Ledereimer mit Umhängeriemen gefüllt und den Pferden um den Hals gehängt wurden. Danach bekam jedes Pferd einen großen Holzeimer mit Wasser hingestellt. Diesen Vorgang versuchte Konrad nicht zu verpassen, da war er mit den Pferden allein auf dem Hof, alle machten Mittagspause. Zum ersten Mal konnte er die Pferde anfassen, mal an das weiche Maul fassen, die Mähne streicheln und über das kräftige Pferdehinterteil streicheln – ein tolles Erlebnis für Konrad. Es waren friedliche, schwere braune Ackergäule. Mutter und Sohn, Lotte und Hans gerufen. An den Oberschenkeln hatten sie Brandzeichen mit einer Krone. Hannoveraner hieß die Rasse beziehungsweise das Gestüt, wo diese gezüchtet wurden. Sie mussten zwar schwer arbeiten, bekamen aber auch gutes Futter, worauf Herr Gericke besonderen Wert legte. Das Ergebnis waren wohlgenährte kräftige Pferde. Sie konnten im Stehen schlafen, dabei knickten sie lediglich abwechselnd ein Hinterbein zur Lastenverteilung ein. Die Vorderbeine standen wie Säulen.

Ein schweres Kummet, welches für jedes Pferd passgenau angefertigt wurde, übertrug die Zugkräfte des Pferdes über das Geschirr auf das zu ziehende Fahrzeug. War es ein Pferdewagen, so wurden die Pferde rechts und links einer Deichsel angespannt. Am vorderen Ende der Deichsel war das Zaumzeug an Ketten befestigt. Über Kummet, Geschirrriemen und Ketten, Geschirrbalken und Waagebalken, wurden sie am Wagen befestigt. Das Anspannen war eine schwere Arbeit, die Herr Gericke aber locker meisterte. Konrad wird noch ganz andere körperliche Leistungen dieses Mannes kennenlernen.

Wenn nach Feierabend die Pferde ausgespannt wurden, trabten sie gemächlich hintereinander in ihren Stall, auf ihren Stammplatz, das wussten sie genau. Und dann gab es ordentlich Futter – Hafer und Heu. Dazu viel Wasser. Herr Gericke verließ den Pferdestall nicht, bevor die Pferde ordentlich versorgt waren. Dabei duldete er die Anwesenheit Konrads wortlos. Zur gleichen Zeit hatte auch die Bäuerin ihre Kühe gemolken und gefüttert. Dann kamen die Schweine dran, die machten den meisten Lärm, wenn sie Hunger hatten und den hatten sie immer. Bekannterweise auch den meisten Dreck, welcher sich auf dem gesamten Hof ausbreitete. Deshalb trugen die Herrschaften, wie schon erwähnt, grundsätzlich nur Gummistiefel auf dem Hof und bei der Arbeit. Den übrigen Hausbewohnern blieb auch nichts anderes übrig, wenn sie trockenen Fußes das Jauche-Klosett erreichen wollten.

Langsam kehrt auf dem Gewerbehof der Firma Gericke Ruhe ein und das Tor wird geschlossen. „Feierabend", sagt Herr Gericke, „geh nach Haus, Konrad!" Das waren die einzigen Worte, die Herr Gericke zu Konrad an dem Tag sagte. Und Konrad hatte riesigen Hunger.

In den nächsten Tagen und Wochen entwickelte sich zwischen Herrn Gericke und Konrad ein immer besseres Verhältnis. Ab und zu durfte Konrad auf dem Kutschbock neben Herrn Gericke Platz nehmen und die ersten Fahrten mitmachen. Ein tolles Gefühl, endlich hatte er die Stelle von Klaus eingenommen, der sich immer seltener auf dem Hof blicken ließ, und arbeiten wollte der sowieso nicht, das hatte Konrad schon gemerkt.

Ein stolzes Gefühl überkam Konrad, als er neben Herrn Gericke auf dem Bock saß und es im gemächlichen Schritt losging. Die Hufeisen der Pferde schlugen einen regelmäßigen Takt auf das Straßenpflaster. Herr Gericke hielt die Zügel in der Hand und brauchte nur leicht nach rechts oder links ziehen und die Pferde reagierten sofort. Der Pferdewagen war ein Pritschenwagen mit Gummireifen, das Modernste, was sie Firma Gericke im Fuhrpark hatte. Beladen war der Wagen mit Kornsäcken, es sollte zur Mühle gehen, zur Stadtmühle, welche es damals in dem Ort noch gab. Eine alte Mühle, welche früher mit Wasserkraft betrieben wurde. Zur Zeit dieser Geschichte lief sie schon elektrisch.

Herr Gericke lenkte das Fuhrwerk an eine Rampe; aus dem Inneren der Mühle erschien ein Kranarm und an einem Seil über einen Flaschenzug senkte sich der Kranhaken auf den Pferdewagen hinab. Sack für Sack wurde jetzt nach oben gezogen. Damit war die Arbeit aber nicht getan. Anschließend begab sich Herr Gericke gefolgt von Konrad in die Mühle. Wieder etwas ganz Neues für Konrad – eine Mühle von innen, in die man sonst nie reinkam. Da galt es möglichst viel in kurzer Zeit aufzunehmen, denn die Erwachsenen, der Müller und seine Gesellen, waren nicht zu Gesprächen aufgelegt, da wurde gearbeitet.

Die hochgezogenen Säcke mussten jetzt an Ort und Stelle gebracht werden, und zwar auf dem Rücken. Jeder Sack Getreide wog zwei Zentner (100 Kilogramm) und die wollten geschleppt werden. Auch Herr Gericke konnte sich da nicht raushalten. Man sah ihm nicht an, was er für eine Kraft hatte. Nur das Aufblasen der

66

Backen erfolgte in einem schnelleren Rhythmus. Zwanzig Sack Getreide waren das bestimmt, welche nunmehr zu Mehl gemahlen werden sollten. Das war der Eigenbedarf der Familie Gericke für ein Jahr, da konnte man gut leben. Was konnten daraus für Kuchen, Brote und Brötchen gebacken werden, träumte Konrad. Nach der Mühlenfuhre war Vesperzeit. Konrad ging nach Hause, aber Kuchen gab es da nicht, höchstens einen alten Brotkanten mit Rübenmus bestrichen. Das gab es reichlich. Dieses wurde im Waschkessel gekocht und dann in Gläser abgefüllt. Zuckerrüben, Kartoffeln und Weißkohl waren die wichtigsten Nahrungsmittel, zuzüglich dem Getreide, welches die Bauern vorrangig erzeugen und abliefern mussten. Die Bauern standen mit ihren Fuhrwerken Schlange an der Abnahmestelle. Das Objekt wurde nach dem Krieg von Polen geleitet, bis dann die Russen kamen. Zuerst waren aber die Amis da, denn bekanntlich drangen diese bis an die Elbe bei Torgau vor, wo sie sich mit den Russen verbrüderten, was aber nur eine kurze Episode zwischen diesen beiden Mächten war.

Konrad konnte sich sogar an die Zeit erinnern, als die Amis seine Heimatstadt besetzt hatten. Es hieß, dass eine Delegation mutiger Männer den Amis mit der weißen Fahne entgegengegangen ist und somit die Stadt vor der Zerstörung bewahrt hat.

Alle waren froh, dass der Krieg für uns zu Ende war, die Amis mussten ja noch weiter Richtung Osten und manche Stadt beging den Wahnsinn, sich zu verteidigen.

Die Nachbarstadt wurde deshalb stark zerstört und es gab viele Tote, bevor sie sich ergeben mussten. Ein sinnloser Krieg!

Bei den amerikanischen Soldaten gab es sogar auch Schwarze, zum ersten Mal sah Konrad einen dunkelhäutigen Menschen und auch noch als Amerikaner. Sein großer Bruder hatte ihm einmal erzählt, dass in Amerika Indianer und in Afrika die farbige Menschen und jetzt ein solcher als Amerikaner, das verstand Konrad nicht. Er konnte sich nur daran erinnern, dass in seiner Straße viele Panzer standen, auf denen Amis saßen und die Kinder darauf herumkrabbeln durften. Konrad war natürlich noch zu klein. Die Amerikaner verteilten jede Menge Schokolade. Die meisten Kinder hatten noch nie Schokolade gesehen und noch weniger gegessen. Auch Konrad bekam diese Köstlichkeit von einem amerikanischen Soldaten. Das erste Stück in seinem Leben, welch ein Genuss und welch eine Freude für ein Kind. Besonders freundlich waren die Amis zu den deutschen jungen Mädchen und Frauen, die auch häufig die Freundlichkeit erwiderten, woraus auch oft mehr entstand. Alle Menschen sehnten sich nach ein wenig Glück nach diesem furchtbaren Krieg.

Konrads Eltern erzählten in den späteren Jahren manchmal, wie viele junge Mädchen und Frauen sich in einen Amerikaner verliebt hatten, ihm in seine Heimat gefolgt sind und geheiratet haben. Das traf auch für manchen Fremdarbeiter zu, welcher das Glück hatte, bei einem deutschen Bauern arbeiten zu dürfen, welcher zufällig eine Tochter passenden Alters hatte. Während der Sohn der Familie den Arsch an der Kriegsfront hinhalten musste und dann vielleicht auch noch gefallen ist, ließ sich der „arme" Fremdarbeiter von seiner deutschen Freundin im Heu verwöhnen. Obwohl harte Strafen darauf standen, gab es hunderte, vielleicht tausende Fälle dieser Art.

Zurück zu Konrads Straße, wo alle glücklich waren, dass die Amis da waren. Aber die Freude währte nicht ewig. Eines Tages hieß es: Die Amis hauen ab und die Russen kommen. Die meisten Deutschen waren entsetzt, aber es gab auch welche, die begeistert waren, die Kommunisten. Konrad wusste damals noch nichts vom Kapitalismus und Kommunismus, nur so viel, dass die Russen Kommunisten beziehungsweise Bolschewisten waren – in Form der Roten Armee. Es dauerte nicht lange, da standen plötzlich russische Panzer in Konrads Straße, da war Schluss mit lustig. Nur noch Soldaten mit hasserfüllten fremdländischen Gesichtern, mit einer furchterregenden Maschinenpistole in der Hand, übernahmen die Russen mit Unterstützung deutscher Kommunisten die Macht in Ostdeutschland. Sofort wurden an Konrads Straße Schranken und Sperren zur nächsten Straße aufgebaut. Wenn Konrads Familie in den Garten wollte, wurden sie dreimal von einem Posten kontrolliert, mit Maschinenpistole im Anschlag. Angst breitete sich unter den Deutschen aus. Wären doch bloß die Amis hiergeblieben, sagten viele. Aber die mussten sich wieder zurückziehen, weil sie lieber die

Hälfte von Berlin haben wollten, gaben sie sogar das mitteldeutsche Chemiezentrum auf – die Deppen. Aber West-Berlin hatte auch sein Gutes.

In unmittelbarer Nachbarschaft von Konrads Straße befand sich eine große Gärtnerei. Und weil die Gärtner auch nicht arm waren, hatten sie eine schöne Villa als Wohnhaus. Und genau diese hatten sich die Russen als Kommandozentrale ausgewählt. Die Besitzer mussten ausziehen und die russische Kommandantur zog ein. Außerdem wurden viele ganz normale Wohnungen der Deutschen zwangsgeräumt und russische Soldaten einquartiert. Damit begann die ewige Bestrafung der Ostdeutschen nach dem Zweiten Weltkrieg.

Als die Russen mit Hilfe ihrer kommunistischen Gehilfen alle Machtpositionen besetzt hatten, beruhigte sich die Lage allmählich. Die Schranken und Sperren wurden wieder abgebaut und die Menschen konnten sich wieder frei bewegen. Ohne Kontrolle konnte Konrads Familie wieder ihren Garten aufsuchen.

Eines Tages gab es Feueralarm, in der Villa brannte es. Die Russen warfen die Möbel aus dem Fenster, ganze Kleiderschränke und Betten mit Federbetten. Das gesamte Mobiliar der Gärtnerfamilie flog aus dem Fenster. Irgendwie löschten sie das Feuer in Eigeninitiative, eine Feuerwehr kam nicht zum Einsatz. Jedenfalls steht die Villa heute noch. Nach dem Brand sind die Russen ausgezogen und haben eine neue Kommandozentrale, eine noch schönere Villa, bezogen. Die Gärtnerfamilie durfte ihre Villa auf eigene Kosten reparieren und wieder einziehen. Auch ihre Möbel bekamen sie nicht ersetzt. Für Konrad und all die anderen Kinder und auch die Erwachsenen war das jedenfalls ein interessantes Schauspiel, wie die Russen in ihrer Verrücktheit die Möbel aus dem Fenster schmissen, ohne Sinn und Verstand, verloren waren sie so oder so.

Aber das Leben musste weitergehen, auch mit den Russen. Wobei auch manche Maßnahme der russischen Kommandozentrale positiv zu bewerten war. So verpflichteten sie zum Beispiel die Bauern, die Versorgung der Bevölkerung mit Nahrungsmitteln zu sichern, denn die Voraussetzungen waren ja da. Die Dörfer waren nicht zerstört und die Felder mussten bloß bestellt werden, aber die Bauern wollten nicht. Unter dem Vorwand, sie wollten nichts für die Kommunisten tun, hätten sie lieber das deutsche Volk verhungern lassen. Sie haben die Menschen in ihrem Hunger buchstäblich erpresst. Alles wurde vom Schwarzmarkt beherrscht. Fünf Kilo Kartoffeln für einen Perserteppich, so waren die Verhältnisse. Die Bauern wurden von den Städtern mit den wertvollsten Waren überschüttet. Sie konnten buchstäblich ihre Kuhställe mit Teppichen auslegen. Mit Recht zwangen die Russen sie zur Abgabe an das Volk. Die lukrativsten Geschäfte machten die Bauern mit Schwarzschlachtungen von Schweinen. Fleisch- und Wurstwaren wurden mit Gold oder amerikanischen Zigaretten aufgewogen. Trotz der harten Strafen, die die Russen verhängten, wurde schwarz geschlachtet auf Teufel komm raus. Auch die mittlerweile eingerichtete

Polizei konnte nicht überall gleichzeitig sein. Die Not zwang die Menschen auch zu klauen.

Konrad und seine Freunde hielten sich häufig in der Nähe der Walzenmühle, der schon genannten Aufkaufstelle für landwirtschaftliche Erzeugnisse, genannt VEAB (Volkseigener Erfassungs- und Aufbaubetrieb), auf. Vor allen zur Erntezeit war das nicht nur interessant, sondern auch äußerst lukrativ für die hungrigen Gesellen. Wenn die Bauern mit ihren riesigen Weißkohlköpfen auf dem Pferdewagen in der Schlange zum Abliefern anstanden, war das die Stunde der kleinen Mundräuber. Die Kutscher hatten meist ihren Bock verlassen, standen in Gruppen herum und unterhielten sich. Für Konrad die günstigste Gelegenheit zuzuschlagen. Von verschiedenen Wagen, damit es nicht auffiel, schnappte sich jeder einen Kohlkopf und haute ab nach Hause. Bei keinem war die Mutter böse, dass ihr Sohn einen Kohlkopf mit nach Hause brachte, den er vom Bauern für das Zügelhalten bekommen hat, als dieser einmal austreten musste. Die Mutter musste ja nicht alles wissen.

Sonst kam nicht viel Essbares über diese Schiene. Bestenfalls gedämpfte Futterkartoffeln, aber nur in äußerster Not. Die waren wirklich nur für die Schweine geeignet. Ein weiteres landwirtschaftliches Massenprodukt im heimatlichen Umkreis waren Zuckerrüben, welche in der schon ewig bestehenden Zuckerfabrik verarbeitet wurden. Das geschah immer im Herbst nach der Ernte, zur sogenannten Kampagne. Da wurden

Zuckerrüben aus allen Himmelsrichtungen des Kreises zur Fabrik transportiert. Einstmals wurde hierfür sogar eine Eisenbahnstrecke, die sogenannte Zuckerrübenbahn, gebaut. Ein Teil wurde auch mit Pferdefuhrwerken transportiert. Da ging es schon um Tausende Tonnen, die zu Zucker verarbeitet wurden. Deshalb wurde auch die Zuckerfabrik, welche direkt nach Kriegsende von den Russen demontiert und dann, als die Russen merkten, dass aus den Deutschen viel mehr herauszuholen sei, wenn sie diese für sich arbeiten ließen, wieder, diesmal aber von Deutschen, die den Krieg überlebt hatten, aufgebaut worden war. Dies wurde von den Russen und ihren kommunistischen Statthaltern in die oberste Priorität erhoben. Falsch war das sicher nicht, denn Zucker war lebensnotwendig. Anfangs wurde aus Zucker Bonbons in der Bratpfanne gemacht, in dem man ihn verflüssigte, wobei er eigenartigerweise braun wurde. Dann ließ man die Masse abkühlen und konnte danach passende Stücke (Bonbons) herausbrechen. Das waren die Bonbons der Nachkriegszeit in Ostdeutschland. In Westdeutschland bekamen die Kinder schon jede Menge Süßigkeiten, einschließlich Schokolade, aus Amerika. So ungerecht war das. Aber Konrad war glücklich, wenn er seine Bonbons aus eigener Herstellung lutschen konnte.

KOHLENHANDLUNG GERICKE

Das zweite Standbein der Firma Gericke war der Kohlenhandel. Die Tagebaue in der DDR hatten mittlerweile ihre Arbeit wieder aufgenommen. Es wurde wieder Braunkohle, hauptsächlich für die angelaufene Chemieindustrie sowie auch für die Produktion von Brennstoff in Form von Rohbraunkohle oder Briketts für die Bevölkerung. Diese Bevölkerungsversorgung wurde von den örtlichen Kohlenhändlern realisiert. Einer davon war die Firma Gericke. Konrad bekam nur mit, wenn eine Lore (Eisenbahnwaggon) gemeldet wurde und eine allgemeine Hektik auf dem Hof ausbrach. Die Lore musste sofort entladen werden, sonst drohte eine Vertragsstrafe. Alles Bäuerliche blieb liegen und Leute wurden zum Entladen der Lore organisiert. Auch das waren meistens Frauen. Manchmal war auch Konrads Mutter dabei. Das war der Tag, an dem Konrad, um seine Mutter zu unterstützen auch mithalf, Kohlen von dem Eisenbahnwagen zu entladen, gegen den Willen seiner Mutter, denn er war ja gerade mal zehn Jahre alt. Kein Mensch kann sich vorstellen, wie groß ein Eisenbahnwaggon ist, der von Hand entladen werden muss – riesengroß! Zwanzig Tonnen fasste der kleine, das sind umgerechnet vierhundert Zentner.

Zuerst wurde ein Fuhrwerk an die Seite des Waggons direkt an eine Tür gestellt, dann schlug ein Mann, meist war es Herr Gericke, mit einer schweren Stange den Türverriegelungshebel auf, die Tür öffnete sich und ein riesiger Schwall Kohlen ergoss sich auf den Pferdewagen, wobei die Hälfte daneben fiel und aufgeschippt werden musste, was die erste Arbeit war. Damit war der erste Wagen beladen und fuhr davon. Der zweite fuhr an die Wagentür. Jetzt begann das Umladen mit der Schaufel und die Kohlenschaufeln waren besonders groß, da musste viel draufpassen. Zuerst musste Fläche geschaffen werden, sodass ein Mann in dem Waggon stehen konnte, um sich in die Kohle hineinzuarbeiten. Erst dann konnte ein zweiter Mann oder eine Frau mit auf in den Waggon. Und so wie die Fläche sich kontinuierlich vergrößerte, konnten immer mehr Leute in dem Waggon Platz finden und ihre Schaufel schwingen. Immer schneller ging das Umladen, stellte Konrad fest, der mit einer etwas kleineren Schaufel seinen Teil dazu beitrug. Bis dann und dann müssen wir fertig sein, ermahnte der sonst wortkarge Kohlenhändler Gericke die Mitwirkenden, sodass alle ihr Bestes gaben. Konrad tat seine Mutter leid, wie sie sich schinden musste, gern hätte er für si die Arbeit übernommen, aber sie hatte sich verpflichtet, bis zum Schluss durchzuhalten. Ihre Pflicht und noch viel mehr hat Konrads Mutter ihr Leben lang erfüllt.

Bis zum späten Abend dauerte das Entladen der Waggons. Alle waren glücklich, als es geschafft war. Planmäßig konnte der Waggon an die Eisenbahn zurückgegeben werden. Konrad bekam noch mit, wie dieser mit der Rangierlok abgeholt wurde.

Wo dann die Kohle eingelagert oder an welche Groß-
abnehmer sofort ausgeliefert wurde, das blieb im Dunkeln. Eine kleinere Menge wurde auf dem Hof gelagert
und von hier aus an die Kunden, die meist mit Handwagen oder sogar bloß mit Rücksäcken angereist kamen,
verkauft. Die Kunden kamen alle aus der näheren
Umgebung. Selbstverständlich gehörten Konrads Eltern
auch dazu. Selbstredend wurde die Arbeit des Kohleab-
ladens in Form von Kohle vergütet. Das wurde auch
Zeit, denn der Kohlenvorrat war fast aufgebraucht.
Endlich konnte der Küchenherd wieder mal ordentlich
beheizt werden. Das war sowieso der einzige Ofen in
Konrads elterlicher Wohnung. Das ganze Leben spielte
sich in der etwa zwölf Quadratmeter großen Küche ab.

Es war die Zeit, als die Mutter den völlig veralteten
und viel zu kleinen Küchenherd durch einen anderen
gebrauchten und größeren ersetzen ließ, was wie ein
Feiertag war. Endlich ein Ofen, der ordentlich zog, über
mehrere Kochflächen, einen Warmwasserbehälter und
eine Backröhre verfügte, und die Küche wurde auch
noch ordentlich warm. Im Winter wurden abends
Ziegelsteine in die Röhre zum Warmmachen gelegt – sie
dienten als Wärmflasche für die Kinder. Vor dem
Zubettgehen wurden sie heiß aus dem Ofen genommen,
in Zeitungspapier eingewickelt und zuerst in die Mitte
des Bettes, dort, wo der Körper zum Liegen kam, gelegt.
Später dann, legte die Mutter den Stein ans Fußende, wo
er liegenblieb. War das herrlich für die Kinder, denn das
Schlafzimmer war eiskalt. Die Häuser waren damals

kaum gedämmt, sodass bei starkem Frost die Fenster bis obenhin zugefroren waren und die Wände des Zimmers vom Raureif glitzernden. Für die Notdurft gab es einen Nachttopf unter dem Bett. Wenn man musste, nahm man das Deckbett mit, sonst wäre man erfroren.

Trotzdem hatten Konrad und seine Geschwister ihren Spaß. Der große Bruder Günter hat meist bis in die Nacht hinein gelesen, in der Küche, die Eltern waren lange im Bett. Konrad und seine Schwester Ruth lasen im Bett. Von klein auf haben alle gern gelesen. Der Vater allerdings meist nur die Zeitung. Sonst konzentrierte er sich hauptsächlich auf das, was im Radio kam, auf dem West-Norddeutschen Rundfunk, welchen man in Osten am besten empfangen konnte. Hierzu diente ein herrliches Rundfunkgerät aus der DDR-Produktion aus Staßfurt. Die erste und einzige Nachkriegsanschaffung der Familie. Zwar gab es ein Radio aus den Anfangsjahren des Radios, ein kleines Empfangsgerät und ein riesengroßer Lautsprecher. Obwohl Konrads Vater etliche Meter Antennenkabel auf dem Dach verlegt hatte, gab das Gerät nur fremdartige Geräusche von sich, welche weder als Musik noch als Gespräch zu deuten waren. Da war die Göbbels-Schnauze schon viel besser, aber leider nicht im Bestand. Also hatte die Anschaffung eines neuen Radios in Konrads Familie oberste Priorität. Oh, war das spannend, als das Radio da war und in der Küche aufgestellt wurde, auf einem alten Schrank, direkt neben Vaters Stuhl. Ein riesengroßes Prachtstück mit zwei Lautsprechern, einer leuchtenden Skala mit Städtenamen aus aller Welt und einem magischen Auge, grün, was sich bei der Senderwahl so veränderte, dass man den jeweiligen Sender ganz genau einstellen und deutlich empfangen konnte. Stundenlang saß die Familie an dem Apparat und lauschte den verschiedensten Sendern. Natürlich waren nur die deutschen Sender interessant und davon gab es in den ersten Jahren des Bestehens der beiden deutschen Staaten jede Menge. Natürlich sollten die DDR-Bürger nur die DDR-Sender hören, was sie natürlich nicht ausschließlich taten. Sie wollten immer auch etwas aus dem Westen erfahren. Häufig war es aber Hetze, so nannten es die Ostmachthaber; Aufklärung der ostdeutschen Brüder und Schwestern, Westmachthaber. Bekannterweise hielt das vierzig Jahre an.

Konrads Vater wollte immer Westsender hören. Da war vor allem der berühmte Sender RIAS (Rundfunk im amerikanischen Sektor Berlins) das Objekt der Begierde, was die Kommunisten und Russen überhaupt nicht gern sahen. Starke Störsender wurden installiert, sodass für die meisten DDR-Bürger das Hören des RIAS fast unmöglich war. Es gab aber auch noch andere Westsender, wie zum Beispiel Radio Luxemburg und der Norddeutsche Rundfunk mit dem besten Empfang. Wobei Radio Luxemburg für die Kinder und Jugendlichen den absoluten Vorrang hatte, vor allem wegen der Musik. Wogegen der NDR der Sender für die Wissensdurstigen, für die politisch Interessierten, wie zum Beispiel Konrads Vater, war. Über diesen Sender konnte man alles erfahren, was im Westen lief, oder was im Osten lief, was die DDR-Bürger eigentlich gar nicht erfahren sollten. Täglich und stundenlang saß Konrads Vater am Radio und hörte diesen Sender. Die Kinder hatten nur außerhalb dieser Zeit die Möglichkeit, Radio Luxemburg oder vielleicht auch eine unpolitische Sendung auf NDR zu hören. Konrad hörte zum Beispiel leidenschaftlich gern den Schulfunk. Da wurde in spannender Form über vielfältigsten Themen der Menschheitsgeschichte, der Naturwissenschaften, der Technik und vieles andere jeweils eine Stunde lang berichtet. Vor allem wurde auch über die Personen erzählt, die etwas Besonderes für die Menschheit geleistet haben.

Mittlerweile war Konrad so ausgelastet, dass die vierundzwanzig Stunden des Tages nicht ausreichten, alle Aktivitäten und Ideen zu verwirklichen. Die meiste Zeit verbrachte er nun auf dem Hof der Firma Gericke.

DIE ERSTE SPECKBEMME

Konrad machte sich überall nützlich. Mal fütterte er die Schweine, mal mistete er aus, mal war er der Bäuerin behilflich beim Kühe melken. Am liebsten war er in der Nähe der Pferde, ob im Stall beim Füttern oder wenn diese angespannt vor dem Pferdewagen waren.

Es wurde Frühling, die Pferde wurden nun für die Feldarbeit angespannt und Konrad saß schon auf dem Bock. Herr Gericke prüfte nochmal das Zaumzeug und Geschirr der Pferde. Nachdem er dies getan hatte, stieg er auf den Bock, nahm die Zügel und die Peitsche in die Hand. Ein kurzes, kaum hörbares Hüh, ein leichtes Streichen der Zügel über die Pferdehintern und schon verfielen sie in einen leichten Trab. Hans und Lotte brauchten keine Befehle, sie reagierten auf jeden Laut oder Zügelzug des Kutschers. Die Peitsche war dabei nur ein Spielzeug des Kutschers, gewissermaßen das Abzeichen der Gewaltherrschaft des Menschen über das Pferd, ein Drohinstrument, denn geschlagen wurden die Pferde von Herrn Gericke niemals. Mit den Peitschenriemen strich er beim Kutschieren lediglich abwechselnd über die kräftigen Pferdehintern, die keinesfalls fett, sondern muskulös waren, um den Gang der Pferde etwas zu beschleunigen, wenn sie zu langsam wurden.

Das war die schönste Stunde des Tages, die Fahrt auf dem Kutschbock, egal wohin, bloß kalt war es meistens, vor allem im zeitigen Frühjahr. Um das Frieren auf dem Bock etwas abzumildern, hatte Herr Gericke eine Decke über beider Knie gebreitet. Es ging aufs Feld, nach etwa fünf Kilometer Fahrt. Zuerst über die Landstraße, dann bog Herr Gericke in einen Feldweg ab und hielt irgendwann das Fuhrwerk an. Das Ziel war erreicht. Konrad sah kein besonderes Merkmal eines Ziels, nur Fläche, soweit das Auge reichte. Beide stiegen ab und Konrad durfte das erste Mal die Pferde halten, während Herr Gericke irgendwas auf der Erde suchte. „Grenzstein", sagte er kurz. Er suchte den ersten Grenzstein seines Ackers, welchen er auch fand. Dann nahm er vom Pferdewagen einen riesengroßen hölzernen Zirkel herab und spannte ihn auf ein bestimmtes Maß, später erfuhr Konrad, dass es zwei Meter waren, und schritt jeweils zwei Meter abmessend auf dem Acker entlang. Nach einer bestimmten Strecke, die wahrscheinlich nur der Bauer selbst im Gefühl hatte, blieb er stehen und suchte wieder etwas, nämlich den nächsten Grenzstein. Und das ging so lange, bis der Bauer sein Feld einmal mit dem Zweimeterzirkel umrundet hatte. Damit war die Voraussetzung zum Beackern seines Feldes gewährleistet.

Mittlerweile war Konrad bei den Pferden fast erfroren. Viel Wärme konnte er von den Pferden in der freien Natur auch nicht abnehmen, lediglich an den warmen Pferdenüstern konnte sich Konrad die Hände etwas wärmen. Herr Gericke kam an den Wagen, baute eine Rampe an, ließ den mitgebrachten Pferdpflug hinab und spannte die Pferde davor. Alles war schwer und Konrad bewunderte den hageren Mann, wie er das alles fast spielend bewältigte; nur am rascheren Aufblasen der Backen konnte man erkennen, wie er sich anstrengen musste. Auch für die Pferde war die Gemütlichkeit vorbei, jetzt galt es den Pflug durch die feste Wintererde zu ziehen. In der einen Hand die Zügel und in der anderen den Pflug, so ging es über das Feld, immer hin und her, bis der Abend kam und das erste Feld des Bauern und Kohlenhändlers Gericke gepflügt war. Und Konrad hat mitgemacht. Bald konnte er das Führen der Pferde am Zaumzeug übernehmen und war für den geraden Verlauf der Furche verantwortlich, worauf er sehr stolz war. Herr Gericke konnte sich dadurch auf die Führung des Pfluges konzentrieren.

Als es bereits dämmerte, kehrten die beiden Bauern von der Feldarbeit heim. An diesem Abend war Konrad völlig kaputt und durchgefroren. Herrn Gericke sah man das nicht an. Er spannte die Pferde aus auf dem Hof. Auch die waren sicher müde und hungrig und strebten zielgerichtet in ihren Stall. Zuerst bekamen sie Wasser, viel Wasser, was Konrad bereitstellte. Herr Gericke füllte indes die Futtermulden mit Pferdefutter, welches aus Hafer und gehäckseltem Stroh bestand. Außerdem wurde die über den Köpfen befindliche Raufe mit Heu gefüllt. Nachdem die Pferde genug getrunken hatten, gingen sie ohne Aufforderung, ein jedes an seinen Standplatz. Konrad konnte abschließend nur feststellen, dass es den Pferden gut schmeckte und sie zufrieden waren. Er selbst hatte auch einen wahnsinnigen Hunger. Wie gerufen kam da die Bauersfrau gelaufen und sagte: „Konrad, warte mal, ich mache dir eine Speckbemme", worauf sie im Haupthaus verschwand. Für Konrads Ohren und Magen war das Musik. Er konnte gar nicht erwarten, dass die Bäuerin wieder aus dem Haus kam. Mit einer Speckbemme in der Hand rief sie Konrad und übergab sie ihm, als Lohn für einen ganzen Tag Arbeit. Konrad war überrascht und glücklich. Zum ersten Mal in seinem Leben hat er einen Lohn für seine Arbeit erhalten, eine Speckbemme. Mit der Bemme auf der Faust trat er den Heimweg an. Als er zu Hause ankam, war sie bereits aufgegessen und geschmeckt hat sie nach mehr.

Mit dieser ersten Speckbemme wurde in der Familie Gericke die Verabreichung einer Speckbemme an Konrad nach Verrichtung einer Tagesarbeit als Arbeitslohn festgelegt. Sie wurde somit zum Gesetz erhoben. In der Folgezeit verließ Konrad niemals den Hof von Gerickes, bevor er nicht seinen Arbeitslohn erhalten hatte. Er kannte nichts anderes. Egal wie seine Arbeitsleistung mit zunehmendem Alter stieg, als Lohn gab es immer nur die Speckbemme und dabei war die Familie Gericke reich. Geld kam von allen Seiten, ob von der Landwirtschaft oder von der Kohlenhandlung. Aber bezahlt wurde nicht, vor allem die nicht, welche die Arbeit machten, die Knechte und Mägde und deren Nachwuchs, die Konrads.

Obwohl zu dieser Zeit die Kommunisten die Macht ausübten, herrschte überall noch die kapitalistische Ausbeutung, vor allem in der Landwirtschaft. Stammpersonal hatte die Firma Gericke nicht, es kamen nur Saisonarbeiter zum Einsatz, der jeweiligen Bedarfslage entsprechend. Das Ehepaar Gericke beutete sich allerdings selbst auch aus, wobei natürlich das Ergebnis wesentlich lukrativer, als bei ihren Saisonarbeitern war, und das trieb sie an. Nur ihre Tochter sollte es einmal besser haben. Manchmal tauchte sie auch auf dem Hof auf, zum Beispiel um Konrad seine Speckbemme zu überreichen, wenn die alte Bäuerin keine Zeit hatte. Schön war sie nicht, dachte Konrad. Sieht aus, wie der Alte, bläst bloß nicht die Backen so auf wie der.

Was Konrad so mitbekam, kümmerte sich Elsbeth, so hieß sie, um den Bürokram und vor allem ums Geld, denn Geld war das Antriebsmittel der Familie Gericke. Wer Geld hat, ist auch geizig. Aber damals dachte Konrad, das sei ganz normal.

Eines Tages sprach es sich auf dem Hof herum, dass Elsbeth einen Liebhaber, einen Heiratskandidaten, hatte. Es hieß, es soll ein selbständiger Schmiedemeister aus einem Dorf im Kreis sein. Aha, sagten alle, da kommt wieder Geld zu Geld – unter Handwerksmeister macht sie's nicht. Es dauerte auch nicht lange und die beiden waren verheiratet. Den Hochzeitsort haben sie so geheim gehalten und auch den Termin, sodass keiner vom Gesinde oder der Nachbarschaft etwas davon erfahren hat. Der Sinn und Zweck war der, dass sie nicht in der Pflicht waren, dem Gesinde oder den Nachbarn, eben allen die bei einer Hochzeit Glückwünsche aussprechen wollten, auszuhalten. Auch die Kinder, für die es ein Erlebnis gewesen wäre, wenn sie am Polterabend hätten alle möglichen Porzellanartikel zertöppern können und dafür dann ein Stück Kuchen, welcher sonst immer von der Braut gereicht wurde, zu erhalten. Bei Gerickes gab's das alles nicht. Beliebter wurden sie deshalb nicht. Herbert, so hieß der frisch gebackene Ehemann von Elsbeth, zog aber nicht zu seiner Frau, sondern blieb in seinem Dorf wohnen. Ein- oder zweimal in der Woche sah man ihn auf dem Hof arbeiten wie ein Stier. Wenn Herbert arbeitete, dann flogen die Fetzen. Das wäre schon der richtige Nachfolger für den Alten, aber es kam nicht dazu. Solange Konrad auf dem Hof tätig war, änderte sich nichts an dem Zustand. Es kam auch kein Nachwuchs, was eigentlich alles sagte. Das war nur eine reine Geldhochzeit. Konrad war in der Folgezeit fast täglich auf dem Hof um zu arbeiten. Sehr kräftig gebaut war er nicht, was man sich bei der täglichen Ernährung mit einer Speckbemme denken kann. Zäh war er und willensstark und vor allem an der bäuerlichen Arbeit interessiert.

Die Felder waren gepflügt und das Getreide wurde ausgesät, später dann die Zuckerrüben und Futterrüben. Kartoffeln wurden gesteckt. Manchmal erzählte Herr Gericke auch etwas über die bäuerliche Arbeit, zum Beispiel über die Fruchtfolge auf den einzelnen Feldern. Es musste auch Heu für die Winterfütterung der Pferde gewonnen werden. Auch Frischfutter, wie Luzerne wurden angebaut. Wenn die Luzerne im zeitigen Sommer das erste Mal geschnitten und verfüttert wurde, dann muss das für die Tiere wie ein Fest gewesen sein. Man sah es ihnen buchstäblich an, wie das schmeckte. Und wie das herrlich roch. Konrad hätte sich darin herumwälzen mögen und mitessen. Aber sein Magen blieb leer bis zum Abend, vorher gab es nichts. Der Alte aß aber unterwegs auch nichts. Wahrscheinlich deshalb, dass er nicht in die Verlegenheit kommen könnte, etwas an Konrad abgeben zu müssen, so geizig war der.

Dann kam der Sommer heran, das Getreide war reif. Die Ernte war der absolute Stress für alle. Da mussten vor allem Leute organisiert werden, als Erntehelfer. Keine Polen, die saßen als Bosse in der VEAB. Die Erntehelfer rekrutierten sich zum größten Teil aus Frauen aus der Nachbarschaft, welche auch angemessen, und das war damals ohnehin wenig, bezahlt werden mussten, und zwar bar. Das tat der Familie Gericke besonders weh – Bargeld.

Die Zeit war zumindest auch auf dem Hof der Firma Gericke soweit fortgeschritten, sodass das Getreide nicht mehr mit der Hand geschnitten werden musste, die Schnitter waren ja auch nicht da, sondern es kam schon verstärkt Technik zum Einsatz, zum Beispiel eine Mähmaschine. Und immer kamen die beiden Pferde Lotte und Hans zum Einsatz. Die Maschine schnitt das Getreide und warf es in Bündeln aus. Diese mussten aufgenommen und in Puppen aufgestellt werden. Mehrere Frauen und auch Konrad kamen hier zum Einsatz, bei glühender Hitze. Da musste auch etwas zu trinken und zu essen gezwungenermaßen durch die Bauersfamilie herangeschafft werden. Das brachte Herbert mit dem Auto aufs Feld. Schließlich hatte er als Handwerksmeister ein Auto, wer sonst?

Obwohl Konrad schon fast die volle Arbeitsleistung beim Puppenaufstellen erbrachte, bekam er nichts zu essen auf dem Feld, sondern nur nach Feierabend seine obligatorische Speckbemme. Zu trinken gab es Leitungswasser, womit die Milchkannen gefüllt waren, die Herbert mitgebracht hatte. Je nachdem wie groß das Getreidefeld war, konnte die Ernte auch über Tage dauern. Schönes Wetter musste ausgenutzt werden. Wenn alles abgeerntet war und die Puppen aufgereiht auf dem Feld standen, wurde der zweite Schritt durch den Bauern vorbereitet, nämlich, die Organisation einer Dreschmaschine. Man lieh sie sich untereinander aus. Meistens wurde auch die erforderliche Antriebsmaschine dazu geliefert, nämlich ein Traktor der Marke „Lanz-Bulldog". Mit dieser Kraftmaschine wurde über einen Riementrieb die Dreschmaschine angetrieben. Jetzt war das Organisationstalent des Bauern gefragt, denn das Anfahren des Getreides und das Dreschen mussten absolut kontinuierlich erfolgen. Hierzu spannte Herr Gericke die Pferde vor einen riesigen Leiterwagen, welcher mit Brettern zur Schaffung einer möglichst großen Ladefläche belegt war. Damit ging es aufs Feld. Hier warteten bereits die Erntehelferinnen. Nach der Ankunft des Wagens, stieg ein Teil der Frauen auf den Wagen, der andere Teil nahm mit einer langstieligen zweizackigen Gabel die Garben von den Puppen auf und überreichte sie einer der Frauen auf dem wagen, welcher langsam von Puppe zu Puppe vorrückte. Das war ein eingespieltes Team, würde man heute sagen. So wie die Puppen verschwanden, wuchs der Getreidewagen in die Höhe. Irgendwann war Schluss und der nächste Wagen kam zum Einsatz. Der erste war bereits auf der Fahrt zum Hof, wobei die Frauen auf dem Wagen verblieben, denn der nächste Einsatz wartete bereits auf sie, nämlich als Füller der Dreschmaschine. Diese war bereits vom Verleiher über den Lanz Bulldog in Gang gesetzt worden, was beides einen ohrenbetäubenden Lärm verursachte. Der Lanz Bulldog war dabei noch recht harmlos gegenüber der Dreschmaschine im Leerlauf. Was sollte das bei voller Leistung werden, fragte sich Konrad. Schon begannen die Frauen, die offensichtlich keine Anfängerinnen waren im Füttern des Schlundes der Dreschmaschine, die Garben einzeln hineinzuschieben, immer darauf achtend, dass sie nicht selbst von der Höllenmaschine erfasst und auch verschlungen wurden. Das alles wurde von einem Höllenlärm und einer riesen Staubwolke begleitet. Konrad war bei diesem Prozess nur Zuschauer aus sicherem Abstand.

Nach kurzer Zeit konnte der Bauer bereits den ersten Sack reinste Körner dem Bauch der Maschine entnehmen. Etliche kamen noch hinzu, bis der Wagen leer war und alles durch die Maschine gelaufen ist. Nur Stroh blieb noch übrig, welches in der Scheune eingelagert wurde. Auch dieser Prozess konnte über mehrere Tage gehen, bis das gesamte Getreide gedroschen war. Wie Konrad schon erlebt hatte, ging ein Teil in die Mühle und wurde zu Mehl verarbeitet, wovon ein Teil für den Eigenbedarf und ein anderer an den Müller verkauft wurde.

Nach erfolgter Getreideernte wurde das abgeerntete Feld bereits wieder umgepflügt. Die Schinderei wie im Mittelalter ging schon wieder los. Pflügen, eggen und die Wintergerste aussäen. Die Frauen waren bereits wieder auf dem Feld zum Rübenhacken, dann kam das Rüben- verziehen, das heißt nach dem Hacken standen immer noch Büschel in der Erde, diese mussten vereinzelt werden, denn nur eine Rübenpflanze durfte stehen bleiben.

Wenn die Zeit des Rübenverziehens heran war, musste Konrad sich nicht nur bei Gerickes verdingen. Da warben auch die vielen anderen Bauern des Kreises Kinder zum Rübenverziehen an. Vor allem wurde man dafür auch bezahlt und bekam ein gutes Essen. Die Bauern kamen in den Morgenstunden mit ihren Pferde- wagen in die Stadt und sammelten arbeitswillige Kinder ein. Viele Kinder machten da mit, sodass die meisten Wagen recht schnell voll wurden. Andere wiederum blieben leer, weil es sich herumgesprochen hatte, dass der Bauer die Kinder bescheißen wollte oder dass die Bäuerin kein ordentliches Essen bereitstellte.

Das Rübenverziehen war kein Vergnügen. Meist bei glühender Sonne ging es auf ungeschützten Knien oder abwechselnd in der Hocke, dabei rechts und links

Rübenpflanzen verziehend, über nicht endende Reihen hin und zurück, hin und zurück – eine Qual. Endlich Pause. Die Bäuerin verteile Wurstbrote, dazu gab es selbstgemachte Fruchtbrause, meist schön kalt, das war ein Genuss, besonders für Konrad, der von seinem Bauern immer nur eine Speckbemme als Lohn bekam. Wenn er darüber nachdachte, kam er langsam zu der Erkenntnis, dass das ein bisschen wenig Lohn war. Trotzdem machte er weiter mit auf dem Hof und mit dem Älterwerden steigerte er auch seine Arbeitsleistung. Fast alle Arbeiten konnte er mittlerweile ausführen.

Nach der Getreideernte folgte die Kartoffelernte. Hierfür gab es auch eine von Pferden gezogene Maschine, welche die Kartoffeln aus der Erde schleuderte. Anschließend mussten sie aufgelesen, in Körben gesammelt und auf dem langsam folgenden Pferdewagen entleert werden. Wieder waren nur Frauen im Einsatz und eben Konrad, der sich bemühte, das gleiche wie eine Frau zu schaffen. Und die Körbe, sogenannte Bänerte, waren hundeschwer, wenn sie voll waren. Dann zum Pferdewagen schleppen, hochstemmen, denn die Planken waren sehr hoch, und auskippen. Diese Arbeit zog sich über Tage hin. Abends gab es die obligatorische Speckbemme. Manchmal vergaß das die Bäuerin. Konrad sagt nichts, drückte sich bloß solange noch auf dem Hof herum, bis es der Bäuerin wieder einfiel. Da konnte schon mal eine Stunde vergehen, mit wahnsinnig knurrendem Magen. Endlich hatte er die

Speckbemme in der Hand und konnte nach Hause gehen.

Auf dem Hof wurden die Kartoffeln im Keller eingelagert. Futterkartoffeln wurden extra gelagert und ja nach Bedarf für die Fütterung gedämpft. Und die Schweine hatten dauernd Hunger. Wehe, ihre Zeit wurde überschritten, dann machten sie einen gotteserbärmlichen Krach. Gefüttert wurde ein Gemisch von Magermilch, Kleie, Futterkartoffeln oder Futterrüben. Alles wurde zu einer Masse gestampft und verrührt und dann in den Trog gekippt. Da ging was los. Die Schweine fraßen buchstäblich wie die Schweine, da schmatzte, grunzte, quiekte, schlurfte es zur Freude der Zuschauer. Es waren aber viele Mäuler zu stopfen. Hatte die Bäuerin die letzten Tröge mit Futter gefüllt, waren die ersten schon wieder leergefressen und die Schweine quiekten schon wieder, als wären sie am Verhungern. Die nächste Füllung flog in den Trog und weiter ging das große Fressen.

Der Sommer ging langsam zu Ende und die Rübenernte stand bevor, wobei der Bauer Gericke nur Futterrüben zur Winterbevorratung anbaute. Diese Ernte war am Schwersten. Die riesigen Rüben wurden mit einer speziellen Gabel aus dem Boden ausgegraben und auf Haufen geworfen. Anschließend, nach dem alle Rüben aus dem Boden und auf Haufen lagen, fuhr der Bauer mit dem Erntewagen an den Haufen entlang, wobei die Erntehelferinnen und Konrad die Rüben einzeln auf den Wagen warfen. Da die Futterrüben so groß und schwer waren, kam die Benutzung einer Gabel nicht in Frage. Auch diese Ernte zog sich über Tage hin.

Irgendwann geschah auf dem Hof der Familie Gericke ein Wunder, ein einmaliges über die ganzen Jahre, in denen sich Konrad für eine tägliche Speckbemme verdingt hat. Es ging auf Mittag zu. Konrad hatte sich an diesem Tag auf dem Hof beim Futtermachen nützlich gemacht. Plötzlich trat die Bäuerin aus der Haustür des Herrenhauses und rief Konrad ins Haus. Zum ersten Mal betrat Konrad dieses. Die Bäuerin führte ihn in die große Bauernküche, wo alle Familienmitglieder, das heißt Herr Gericke, seine Tochter und Herbert, der an diesem Tag auch da war, versammelt waren. Die Bäuerin forderte Konrad zum Platz nehmen auf. Konrad traute sich vor Respekt kaum, sich hinzusetzen. „Setz dich schon hin", sagte Herbert geradeheraus. Konrad bewunderte ihn – ein Schmiedemeister. Die Bäuerin trug das Essen in einer großen Suppenterrine auf und schöpfte jeden am Tisch sitzenden den Teller voll. Bohnensuppe mit Schweinefleisch. So etwas Gutes hatte Konrad noch nie gegessen. Vor allem, genau so viel Schweinefleisch wie Bohnen in der Suppe. „Na schmeckt's?", fragte die Bäuerin Konrad, was er voller Dankbarkeit bejahte, was noch einen Nachschlag nach sich zog. Als er diesen auch verspeist hatte, war er so satt, wie noch in seinem jungen Leben, obwohl die Mutter auch immer alles versucht hat, ihre Kinder sattzubekommen, aber ohne Schweinefleisch.

Konrad spürte, dass er jetzt wieder gehen sollte, was er auch nach mehrmaligem Bedanken für das gute Essen tat. Nie wieder hat sich das wiederholt und Konrad hätte sich das so gewünscht, aber leider trat sogar etwas völlig Entgegengesetztes ein.

Der Winter war eingekehrt, die Zeit des Schweineschlachtens war da. Ein Schwein sollte geschlachtet werden, bekam Konrad mit. Den Termin erfuhr er nur hintenherum, denn die Bauersleute wollten ihn wieder geheim halten, um die verbettelte Nachbarschaft fern zu halten. Meist sickerte der Schlachttermin aber doch in der Nachbarschaft und über einen größeren Radius durch und die Leute standen in der Schlange, mit einem Blechkrug bewaffnet, vor der Tür der Familie Gericke, um etwas Wurstsuppe zu ergattern. Um ihren Ruf nicht ganz und gar zu verlieren und in Folge keine Arbeitskräfte zu bekommen, mussten sie sich doch zur Ausgabe der Wurstbrühe entschließen. Mehr gab es aber nicht. Auch für Konrad nicht. Es war Samstag, er konnte den Schulschluss kaum erwarten, um sich auf dem Gericke-Hof einzufinden. Das Schwein war schon lange tot und hing geöffnet an der Leiter. Die Innereien waren bereits entnommen, die Därme für die Wurstproduktion vorbereitet. Die Schlachtung führte ein sogenannter Hausschlächter durch, das waren Fleischer mit besonderer Qualifikation, denn sie mussten alles, vom Totschlagen des Schweines bis hin zur Verarbeitung des letzten Teiles, des Schwanzes, beherrschen. Dafür wurden sie auch gut bezahlt. Der Fleischbeschauer, ein Tierarzt, musste das Fleisch begutachten und für den Verzehr freigeben oder auch nicht. Allen fiel ein Stein vom Herzen, als die Freigabe durch Bestempelung des Fleisches erfolgte. Bezahlt wurde in Form eines schönen Stück Fleisches, welches der Fleischbeschauer sich aussuchen konnte.

Das erste Essbare beim Schlachten war das Wellfleisch, welches mit Sauerkraut serviert wurde. Alle aßen Wellfleisch, bloß Konrad nicht, der gehörte heute überhaupt nicht dazu, er war praktisch unerwünscht. Er gehörte zu denen da draußen, die mit der Blechkanne, den Bettlern. Um den Hunger zu überlisten, aß Konrad ein paar gedämpfte Futterkartoffeln, denn der Dämpfer war immer in Betrieb.

Dann konnte er wenigstens das Zuschauen verkraften. Es war ein Wahnsinn, was ein einziges Vierzentnerschwein an Würsten, Gehacktem, Speck, Schinken und noch mehr hergibt – ein Traum. Und Konrad bekam nur seine Speckbemme, wie immer.

Dann kam der Winter und auf dem Hof wurde es ruhiger. Mit der Kohlenhandlung wollte Konrad nichts zu tun haben. In seiner Wohngegend gab es noch weitere Fuhrunternehmer, wie Herrn Richter, direkt in der Nachbarschaft. Er machte mit nur einem Pferd Lohnfuhren aller Art. Irgendwie ergab sich eine Mitfahrt auf einer Fernfahrt, zirka fünfzehn Kilometer vom Heimatort entfernt. Herr Richter war wesentlich gesprächiger als Herr Gericke. Und Herr Richter teilte sein Frühstück mit Konrad. Es gab Knackwürste mit Weiß-

94

brot. Für Konrad war das ganz neu, dass ein fremder Mensch mit einem anderen etwas teilt. In Zukunft wollte er lieber bei Herrn Richter mitfahren, als bei Gericke. Aber leider gab es bei Herrn Richter nicht so viel zu tun und das unnütze Mitfahren war auch nicht die Erfüllung für Konrad.

Ein anderer Fuhrunternehmer in der Nähe machte alles alleine, der wollte überhaupt keine Hilfe sehen. Das Ehepaar musste schon einmal bessere Zeiten gesehen haben, denn sie besaßen eine schöne Villa. Sie wohnten darin. Eine weitere Wohnung hatten sie vermietet. Auf dem Hof betrieb der Mann sein Fuhrgeschäft mit zwei Pferden und einem Wagen. Obwohl er eine Beinprothese trug, er hatte im Krieg ein Bein verloren, meisterte er seine Arbeit erstaunlich gut. Man sah ihm die Behinderung kaum an. Das Ehepaar hatte keine Kinder, sodass das Haus nach ihrem Tod einer Ärztin zufiel. Man flüsterte, dass da nicht alles mit rechten Dingen zugegangen ist. Die Ärztin wohnt noch heute in dem Haus.

WANDLUNG

Mit zunehmendem Alter schwand bei Konrad langsam das Interesse an den Pferden und der Landwirtschaft überhaupt. Immer seltener ließ er sich auf dem Hof der Firma Gericke sehen, sodass die Speckbemme sofort ausfiel. Sie war ohnehin für Konrad kein Lockmittel mehr. Andere Interessen stellten sich ein.

Sein Cousin hat eine Schlosserlehre im ortsansässigen Reichsbahn-Ausbesserungswerk begonnen. Stolz zeigte er seine ersten Fach-Zeichnungen herum, die Konrad sofort faszinierten. Es dauerte nicht lange, da reifte auch in ihm der Entschluss, Schlosser lernen zu wollen. Überhaupt wurde die Technik für ihn immer interessanter, vor allem, in aller Bescheidenheit, das Fahrrad. Ein neues Fahrrad kam nicht in Frage, die gab es auch überhaupt nicht in den ersten Jahren der DDR. Konrads Freundin und Nachbarin hatte ein Kinderfahrrad aus der Vorkriegszeit. Alle Kinder auf dem Hof und auf der Straße wollten einem damit fahren, was natürlich nicht möglich war. Konrad war der Glückliche, der dafür häufig in Frage kam. Sonst fuhr natürlich Karin selbst damit. Karin bewohnt mit ihren Eltern die Nachbarwohnung von Konrads Eltern. Auch eine winzige Wohnung. Ihre Mutter war jung gestorben, sodass Karins Vater mit ihr allein dastand. Er betrieb die in der Nähe befindliche Tankstelle mit dazugehörender Werkstatt. Für Konrad wurden allmählich die Tankstelle und die Technik, sprich die Autos, interessanter als die

Pferde und die Landwirtschaft. Herr Neubert, der Tankstellenbetreiber, war von Beruf Autoschlosser, sodass er neben der Betankung auch kleine Reparaturen und Autowaschen anbot. Die Anzahl der Pkws, die damals unterwegs waren, hielt sich stark in Grenzen. Aber Herr Neubert hatte auch schon ein Auto, einen DKW-P4 mit Holzkarosserie. Manchmal lud er die ganze Rasselbande Kinder ins Auto ein und fuhr eine Runde um den Ort – welch ein Erlebnis für die Kinder.

Der Bereich Tankstelle war für alle Kinder der interessanteste Ort überhaupt. Mehr oder weniger konzentrierten sich alle interessanten Objekte und Einrichtungen an diesem Ort, direkt an der Fernverkehrsstraße zur Bezirksstadt, der Eisenbahnstrecke Halle-Eilenburg, dem Rangierbahnhof mit der Ladestraße, der Walzenmühle VEAB und zu guter Letzt die Tankstelle von Herrn Neubert. Aber nicht nur das, es gab auch Büsche, Gräben und Bäume zum Rumräubern und Budenbauen, was die Jungs um Konrad besonders gern taten.

Herr Neubert war teilweise auch Selbstversorger in der Form, dass er sich einige Hühner hielt, welche sich meist in dem vorgenannten Buschwerk ihr Futter suchten und auch ihre Eier legten. Herr Neubert wunderte sich immer, dass seine Hühner so wenige Eier im Hühnerstall legten. Von den wilden Eiernestern wusste er natürlich nichts. Konrads Truppe hielt das auch streng geheim und erntete fleißig die in der freien Natur liegenden Eier und brachten sie nach Hause, wo sie dann in irgendeiner Form verspeist wurden.

Einmal kam eine riesige schwarze Limousine an die Tankstelle gefahren. Sofort kamen alle Kinder aus den Büschen und Buden heraus, um dieses tolle Auto zu bewundern. Das ist ein Mercedes-Benz, stellte man fachmännisch fest. „Ein Sechssitzer", ergänzte ein Experte. Jeder wollte wenigstens einmal den herrlichen schwarzen Lack des Autos anfassen oder vielleicht den Chrom oder den Stern.

„Weg da von meinem Auto!", erscholl die strenge Stimme des Eigentümers. Es war der Inhaber der größten Fleischerei im Ort, Herr Fleischermeister Karstedt, nicht zu verwechseln mit dem Kaufhausbesitzer Karstadt, aber auch reich. Ein hagerer Mann, ganz das Gegenteil, wie man sich einen Fleischermeister vorstellt. Schwarz gekleidet und Homburger auf dem Kopf. Die Kinder schreckten zurück vor dieser Respektsperson. Herr Neubert sollte den Wagen waschen, obwohl er überhaupt nicht dreckig war, und dies auch von unten, und einsprühen, was so viel wie Unterbodenschutzbehandlung heißen sollte. Jetzt wurde es interessant. Der Wagen wurde auf eine Hebebühne gefahren und hydraulisch soweit angehoben, dass Herr Neubert bequem unter dem Auto stehen und die entsprechenden Arbeiten ausführen konnte. Für die Kinder war es faszinierend, wie ein relativ kleiner Hydraulikstempel das Autos scheinbar mühelos hochhob und trug. Herr Neubert spritzte zuerst den Unterboden mit einem starken Wasserstrahl ab, um danach die Behandlung mit einer Sprühpistole fortzusetzen. Herr Karstedt machte in der Zwischenzeit einen Spaziergang.

Wo hat der bloß das Auto während der Kriegsjahre versteckt, fragten sich die Erwachsenen, denn es war ja allen bekannt, dass im Krieg alle Privatautos für den Kriegseinsatz abgegeben werden mussten. Aber egal, Herrn Karstedts Auto wurde von Herrn Neubert gewaschen, gepflegt und geputzt, wofür Herr Neubert auch seinen angemessenen Lohn erhielt. Auch das Betanken der Autos war körperliche Arbeit, denn die Autos wurden mit der Handpumpe betankt, woran sich viele Jahre nichts änderte.

Langsam nahm der Straßenverkehr zu, vor allem mit Lastkraftwagen. Verrückt fand Konrad die Autos mit Holzvergaser. Das Auto sah aus, als würde es mit einer Dampfmaschine angetrieben. Natürlich war der Holzvergaser eine aus der Not geborene deutsche Erfindung, da Deutschland, das heißt die DDR, kein Erdöl hatte und deshalb andere Lösungen finden musste. Wie auf der Dampflok der Heizer, musste der Lkw-Fahrer erst den Holzvergaser anheizen. Allerdings musste hierfür auch das entsprechende Holz vorbereitet werden.

Es war der erste Winter hereingebrochen, in dem Konrad sich nicht mehr bei Gerickes wegen einer Speckbemme blicken ließ. Die Versorgungslage der Bevölkerung in der DDR verbesserte sich kontinuierlich, sodass Konrad auch ohne die Speckbemme der Familie Gericke leben konnte.

KONRADS RADTOUREN

Als Konrad die Phase „Landwirtschaft" endgültig hinter sich gebracht hatte, erwachte sein Interesse an den vielen schönen Dingen, die das Leben für ihn bereit hielt. Vor allem wurde die eigene Mobilität immer wichtiger, ein Fahrrad musste her. Sobald Mutters Fahrrad da war, übte er regelmäßig. Im Stehen auf einem achtundzwanziger Damenrad klappte schon sehr gut. Ein eigenes Fahrrad war noch in weiter Ferne. Sein Bruder Günter hatte schon lange eins, ein holländisches.

Irgendwoher kriegte Konrad eines Tages einen gebrauchsfähigen Herrenfahrradrahmen. Nun galt es, die übrigen Teile zusammen zu gaubeln. Für einen Lenker gab er seine Zinnsoldaten her, und für die Räder tauschte er seine heißgeliebten „Schund- und Schmutzhefte" aus Westberlin ein. Kurz und gut, auf diese Weise kamen langsam alle Teile für die Montage eines kompletten Fahrrads zusammen. Das größte Problem stand Konrad aber noch bevor, nämlich das Zusammenbauen.

‚Wird das alles auch passen, was du herangeschleppt hast?', fragte er sich. Der Lenker passte schon mal. Das Tretlager auch, obwohl der Zahnkranz schon ziemlich verschlissen war. Die Kette aber auch. Die Räder waren das größte Problem. Komplett gab es diese überhaupt nicht. Nur alte Bestände, an die man nicht rankam, oder in Westberlin. Bei der nächsten Einkaufstour der Familie wollte Konrad unbedingt seine benötigten Fahrradersatzteile haben.

„Die anderen kriegen auch immer alles aus Westberlin, bloß ich nicht!", nörgelte Konrad gegenüber seinen Eltern.

Jedenfalls bekam er bei der nächsten Westberlin-Einkaufstour seine dringend benötigten Fahrradersatzteile, sodass eines Tages Konrads Fahrrad fahrbereit vor der Tür stand. Darauf hatte sein älterer Bruder bloß gewartet, um die erste gemeinsame Fahrradtour in Angriff zu nehmen. Konrad war dreizehn, sein Bruder zwanzig, ein erheblicher Altersunterschied. Da Günter weder eine Freundin, noch Freunde hatte, konzentrierte er sich auf seinen kleinen Bruder. Das hieß aber nicht, dass der alles für diesen tun würde, überhaupt nicht. Er brauchte lediglich einen Partner für seine geplanten Fahrradtouren und das war in den nächsten Jahren Konrad.

BAD DÜBEN

war das erste Ausflugsziel, eine kleine Stadt an der Mulde, etwa zweiundzwanzig Kilometer von Delitzsch entfernt. Die Fahrt ging über Reibitz und Wellaune. Wellaune ist der Ort, in welchem im fünfzehnten Jahrhundert die von Heinrich von Kleist niedergeschriebene Geschichte „Michael Kohlhaas" stattgefunden hatte.

Günter wusste das und erzählte es Konrad. Günter wusste viel, trat nicht nur als Fahrradpionier, sondern auch als Lehrender gegenüber Konrad auf. Hierfür machten sie in Wellaune die erste Rast. Nachdem sie sich etwas gestärkt und erholt hatten, ging die Fahrt weiter. Gleich nach Verlassen der Ortslage Wellaune, kam schon das Wahrzeichen von Bad Düben, die „Burg Düben" in Sicht; eine recht bescheidene Burg aus dem Mittelalter, direkt an der Mulde. Die Besichtigung der Burg war natürlich Pflicht, deshalb waren die beiden ja nach Bad Düben gefahren. Der Eintrittspreis war damals gering, sodass dies auch das Reisebudget der Brüder unerheblich belastete.

Bezahlen musste sowieso Günter. Auch in der Burg war nichts Spektakuläres zu sehen, sodass die Besichtigung relativ schnell realisiert worden war.

In der nächsten Nachbarschaft war die einzige, damals noch arbeitende, Schiffsmühle in der Mulde verankert. Sie mahlte nicht mehr, sondern erzeugte Strom für das Alaunwerk in Bad Düben. Bad Düben gab auch der Dübener Heide ihren Namen, ein Naherholungsgebiet für die Bewohner der umliegenden Städte und Dörfer, vor allem für Leipzig. Bad Düben war gewissermaßen das Tor zur Dübener Heide. Aus diesem Grunde wurde es sicher irgendwann zum Badeort erhoben. Wann das war, wusste der kluge Günter auch nicht.

Nachdem die beiden Burg und Wassermühle besichtigt hatten, suchten sie sich eine Bank in ruhiger Lage, denn die Besucherzahl war mittlerweile kräftig angestiegen, und aßen ihre von der Mutter bereiteten Bemmen. Dazu wurde Wasser getrunken, aus der stets mitgeführten Wasserflasche, einer alten Feldflasche aus dem

Krieg. Anschließend blieb noch Zeit, einen Stadtbummel zu machen, teils zu Fuß, teils mit dem Fahrrad. Viel zu sehen gab es nicht mehr, sodass sie sich bald auf die Rückfahrt in die Heimat machten. Zwischen Wellaune und Reibitz gab es die ersten Ausläufer der Dübener Heide als Kiefernwald. Etwa in der Mitte des Waldgebiets befand sich die alte Försterei; direkt an der Straße stand das Forsthaus. Damals war das eine ruhige Lage; Autos kamen nur selten vorbei. Nur deshalb waren die Fahrradtouren überhaupt realisierbar. Auch Konrad und Günter hatten auf ihrer Rückreise kaum Auto- oder Motorradverkehr zu befürchten.

Nach etwa zwei Stunden Fahrt waren sie wieder zu Hause. Die Eltern wollten natürlich wissen, wie es war. Hauptsächlich erzählte Konrad von den Erlebnissen dieser Fahrt. Günter ergänzte oder berichtigte meist nur. Er schmiedete vor allem schon Pläne für die nächste Tour. Bad Schmiedeberg schwebte ihm vor.

BAD SCHMIEDEBERG

ein Kurort inmitten der Dübener Heide, etwa achtzehn Kilometer von Bad Düben entfernt. Die Route führte ebenfalls über Bad Düben. Bei dieser Tour wurde in Bad Düben das erste Mal gerastet, dann ging es weiter, nochmal achtzehn Kilometer durch den Wald. Es war Sommer, die Straßen aufgeweicht. Auch die Landschaft wurde immer hügeliger. Langsam fingen für Konrad die

Strapazen an. Für Günter war das alles noch kein Problem, obwohl auch er sehr schwitzte. Damals hatte er sich schon ein ganz schönes Übergewicht angefressen, weil er von der Mutter stets verwöhnt wurde. Und alles, weil er einmal in der Schulzeit umgefallen war, da er nichts im Magen hatte. Konrad konnte sich erinnern, dass Günter immer die Keule vom Kaninchenbraten kriegte, wenn es einen solchen an einem Sonntag gab. Günter dürfe nur Mageres essen, sonst würde er krank. ‚So ein Quatsch!‘, dachte Konrad. Er musste dafür oft Möhrengemüse essen, was ein absoluter Alptraum war.

„Du isst die Möhren auf, sonst verlässt du nicht den Tisch!“, befahl der Vater erbarmungslos. Mit Tränenverdrückung quälte sich Konrad dann die Möhren hinein.

Daran musste Konrad während der Fahrt gerade denken. ‚Günter hat das Geld, hoffentlich bezahlt er auch etwas, z.B. ein Eis?‘ Von Anfang an hielt Günter seinen Reisebegleiter recht kurz. Wenn die Mutter nicht genügend zu essen und zu trinken mitgegeben hatte, sah es böse aus mit der Versorgung Konrads durch Günter. Wenn der sich ein Eis holten wollte, fragte er Konrad, ob dieser auch eines wollte. ‚Welch eine Frage!‘, dachte Konrad. Natürlich wollte auch er ein Eis bei der Hitze, obwohl Günter sein „Nein“ hören wollte. Noch waren die beiden nicht in Bad Schmiedeberg. Die Strecke zog sich hin wie ein Gummiband. Konrad hatte den Eindruck, es ginge nur bergauf.

Sollte es wirklich mal talwärts gehen, so behinderte der aufgeweichte Straßenasphalt die Abfahrt. Um dies zu verhindern, wechselte Günter, der immer vor Konrad fuhr, auf den Randstreifen, welch eine Katastrophe. Die klebrigen Reifen nahmen sofort den Splitt und Dreck auf und bildeten ein dickes Polster, mit dem die Abfahrt zur Strapaze wurde.

Endlich erreichten sie das Stadtzentrum von Bad Schmiedeberg, auch eine Kurstadt. Erkennen konnte man das am prächtigen Kurhaus im Art-Deco-Stil. Offensichtlich war der Ort sehr beliebt, denn es waren viele Menschen in der Stadt und im herrlichen Kurpark unterwegs. Damals begann die Zeit, wo sich die Werktätigen der DDR kostenlos nach ihrer Krankheit oder nur zur Erholung in einer der vielen Kurorte ihre Arbeitskraft auffrischen konnten. Günter und Konrad waren gesund und brauchten noch keine Kur.

Nachdem sie auf einer Bank im Kurpark ihre Bemmen gegessen hatten, dazu wurde aus der Feldflasche Wasser getrunken, ruhten sie sich noch etwas aus und machten sich dann wieder auf die Heimfahrt.

Es war bereits gegen vierzehn Uhr und schätzungsweise drei Stunden Fahrt lagen vor ihnen. Stadtauswärts ging es erst einmal bergauf, etwa drei Kilometer. Konrad kochte schon wieder das Wasser im Hintern. Gott sei Dank kam dann eine längere Gefällestrecke und so ging das weiter, immer hoch und runter. Ein Trost war, dass es immer durch den herrlichen Mischwald der Dübener Heide ging und die Sonne etwas abgemildert wurde. Vor Söllichau endete der Wald und die Sonne prasselte unbarmherzig auf die beiden Radtouristen, sodass sie erst einmal eine Rast einlegten.

Konrad verspürte schon seit einiger Zeit kräftigen Durst, Günter ging das nicht anders. In weiser Voraussicht hatten sie ihre Trinkflaschen in Bad Schmiedeberg mit frischem Wasser aufgefüllt. Günter, der ältere und erfahrenere, ermahnte Konrad, mit Wasser sparsam umzugehen. Er hatte viele Bücher von Karl May gelesen und wusste, wie die Wüstenbewohner ihren Wasserhaushalt regelten. So ähnlich kam sich auch Konrad vor, wie in der Wüste, so einen Durst hatte er. Die Realität sah für die beiden wesentlich günstiger aus. An der nächsten Pumpe im Dorf ergänzten sie ihren Wasservorrat, ruhten sich noch etwas aus und schwangen sich wieder auf die Räder. Auch auf diesem Streckenabschnitt ging es immer im Wechsel bergauf – bergab, bis sie Bad Düben erreichten.

Konrad war schon ziemlich kaputt, musste sich unbedingt ausruhen und vor allem trinken, trinken, trinken, nichts als trinken, war sein sehnlichster Wunsch.

Günter mahnte wieder zur Maßhaltigkeit. „Desto mehr du trinkst, desto mehr schwitzt du!", belehrte er Konrad. „Jetzt ist das Wasser schon wieder alle und wir müssen wieder eine Quelle suchen!", meckerte er.

Man brauchte bloß an eine Tür klopfen und um Wasser bitten, das gab man gerne, das kostete ja nichts.

Die letzte Etappe musste durchgängig geschafft werden, nahmen sich die beiden vor. Wellaune hatten sie hinter sich gebracht und die alte Försterei Tiefensee kam in Sicht – ein einladender Rastplatz. Das passte gut, denn sie mussten ohnehin eine Pinkelpause einlegen. Eine schöne Ecke an der alten Försterei, wo man gut ausruhen konnte. Auf dem Wirtschaftshof der Försterei wurde frisches Holz zu Jägerzäunen verarbeitet und das roch so gut. Es war verdammt schwer, sich wieder aufzuraffen und die voraussichtlich letzte Etappe bis Delitzsch zu schaffen. Dazwischen lag noch das Dorf Reibitz. Ohne Halt fuhren sie durch bis Delitzsch. Konrad war völlig zerschlagen, als sie zu Hause ankamen, es war schon ziemlich spät abends. Sie hatten sich ganz schön verkalkuliert mit der Zeit, die sie gebraucht haben. Für Günter hätte sie gestimmt, aber nicht für den kleinen Konrad.

Nachdem der eine Schüssel seines heißgeliebten Tomatensalats, den er schon bei der Abfahrt bei der Mutter bestellt hatte, sowie eine kräftige Wurst-Doppelbemme gegessen hatte, ging es ihm schon wieder so gut, dass er den Eltern die wichtigsten Erlebnisse der Fahrradtour erzählen konnte, wobei ihn Günter natürlich ergänzte.

Als nächstes schwärmte Günter von der Saale hellem Strande: Bad Kösen mit der Rudelsburg schwebte ihm vor. Konrad war sofort begeistert. Günter hatte schon viel gelesen über die Burgen an der Saale, vor allem von der Rudelsburg und der Burg Saaleck, welche nahe beieinander lagen. Bedauerlicherweise waren es nur Burgruinen, wobei von der ehemaligen Rudelsburg etwas mehr Bausubstanz als bei der Burg Saaleck vorhanden war. Günter wusste das auch nur vom Hörensagen, denn ein Foto oder eine andere Abbildung hatte auch er nicht.

„Es ist doch viel spannender, etwas zu entdecken, was man nicht kennt", machte er Konrad den Mund wässrig auf der Tour nach Bad Kösen. Bad Kösen ist vor allem durch Salzquellen und sein Gradierwerk bekannt. Es ist auf der Landstraße über die größeren Orte Weißenfels und Naumburg zu erreichen. Die Gesamtentfernung beträgt etwa einhundert Kilometer, also mit dem Fahrrad als Tagestour nicht zu schaffen. Günter hatte deshalb eine Übernachtung in einer Privatpension organisiert.

Nachdem sie ihre Fahrräder gründlich überholt und abgeölt hatten, ging es an einem schönen Sommer- und Sonnentag sehr früh beizeiten los. Günter hatte die Route so festgelegt, dass sie die Großstadt Leipzig umfahren konnten. „Sonst kommen wir nie in Bad Kösen an", sagte er.

Es waren schon einige Stunden vergangen, als sie die Fernverkehrsstraße nach Weißenfels erreicht hatten, eine Kopfsteinpflasterstraße, wie die meisten Straßen damals. Lützen war die erste Zwischenstation, und zwar die Gedenkstätte des Ortes, an dem der Schwedenkönig Gustav Adolf bei der Schlacht bei Lützen im Dreißigjährigen Krieg gefallen ist. Die Gedenkstätte war ziemlich geheimnisumwittert, da es sich um schwedisches Territorium handeln sollte. Gemerkt hat man nichts davon. Es gab da ein Gebäude, in welchem man sich ein paar Dokumentationen ansehen konnte, das war alles. Konrad und Günter hielten sich deshalb auch nicht lange an dem Ort auf und schwangen sich wieder auf ihre Drahtesel. Da das Kopfsteinpflaster für Fahrräder äußerst ungünstig war, fuhren sie grundsätzlich auf dem Randstreifen, außer bei Nässe. In diesem Falle wäre das Kopfsteinpflaster die günstigere Variante zum Vorwärtskommen. Die beiden Radtouristen hatten Glück, es blieb schönes Wetter.

Weißenfels kam in Sicht, auch eine ehemalige Residenzstadt der Sachsenfürsten. Ein riesiges Schloss thronte über dem Ort. Die Provinzfürsten ließen es sich damals gutgehen. Die berühmte Schauspielerin „die Neuberin" war viele Jahre in Weißenfels aktiv. Günter wusste das zu erzählen. Für einen Schlossbesuch war keine Zeit, denn es galt, sich durch diese Stadt zu kämpfen. Obwohl sie immer auf der Fernverkehrsstraße blieben, hielt das Durchfahren einer größeren Stadt erheblich auf, denn in den Städten herrschte doch schon ein relativ reger Straßenverkehr.

Irgendwann hatten die beiden die Ausfallstraße nach Naumburg erreicht. Jetzt wurde es langsam hügelig, sie näherten sich dem Burgenland an der Saale. Eine Pause an der Strecke war notwendig. Schnell war eine schöne Stelle zum Rasten gefunden, im Schatten eines Apfelbaumes. Konrad war glücklich, sich vom Rad zu schwingen, es sorgsam hinzulegen und sich selbst auf das herrliche Gras des Straßengrabens lang hinzustrecken.

„Hier möchte ich liegenbleiben!", sagte er.

Günter tat das Gleiche und streckte sich neben Konrad im Gras nieder. Es dauerte nicht lange, so meldete sich Durst und Hunger bei beiden. Genügend Marschverpflegung hatte die Mutter eingepackt, sodass sie keinen Hunger leiden mussten. Mit Heißhunger wurden die ersten Bemmen verspeist.

Getrunken wurde dazu Zitronenwasser, welches die Mutter zubereitet hatte. „Das löscht den Durst besser", sagte sie beim Abschied.

„Es nützt nichts", sagte Günter und stand auf. „Wir müssen weiter, wenn wir vor Einbruch der Dunkelheit Bad Kösen und vor allem unsere Unterkunft erreichen wollen!", mahnte er.

Konrad fiel es schwer, den schönen Rastplatz zu verlassen. Aber bald war dieser vergessen, bei den Gedanken, dass sie noch vieles sehen und erleben wollen. Also weiter ging es. Da die Städte in der Regel im Tal lagen, ging es stadtauswärts logischerweise immer aufwärts, also auch in Weißenfels. Die Steigung wollte kein Ende nehmen. Endlich war wieder einmal ein Brechpunkt erreicht und es ging abwärts, das ging immer viel zu schnell vorbei. Endlich kamen die Türme des Naumburger Doms in Sicht. Aber es dauerte noch lange, ehe sie das Stadtzentrum von Naumburg erreicht hatten. Auch in Naumburg führte die Fernverkehrsstraße mitten durch den Ort, wobei auch immer der Marktplatz tangiert wurde. Und hier machten die beiden Touristen erst einmal Rast. Damals waren die Städte hauptsächlich von Fußgängern und Radfahrern belebt. Die Menschen waren immer unterwegs, um etwas zu essen zu ergattern. An andere Dinge dachte man damals kaum. Es war die Zeit der Lebensmittelmarken in der DDR. Vor allem beim Fleischer gab es nur auf Lebensmittelmarken etwas zu kaufen. Sicherheitshalber hatte die Mutter den beiden auch eine bestimmte Anzahl an Lebensmittelmarken mitgegeben, um ihre Ernährung auf der Reise zu sichern. Auch in den Gaststätten gab es nur Essen auf Lebensmittelmarken, sofern Fleisch mit enthalten war. Eine Kartoffelsuppe gab es auch ohne. In eine Kneipe kamen die beiden sowieso nicht. Aber zum Fleischer. Der nächste Fleischerladen lud sie dazu ein, obwohl er schon voll war, was bei Fleischerläden immer der Fall war. Sie stellten sich an. Und das rückte nicht. Meist waren es Frauen, die etwas einkaufen wollten. Wenn die Verkäuferin es geschafft hatte, die klägliche Ware für eine Kundin zusammenzupacken, da ging das Markenabschneiden, Rechnen und Bezahlen los und das dauerte ewig. Zwischendurch wurde es Konrad schlecht und er fiel um. Günter musste ihn erst einmal aufheben und aus dem Laden führen. Draußen an der frischen Luft ging es Konrad auch bald wieder besser. Günter setzte ihn dann auf eine Bank und gab ihm etwas zu trinken. Danach drang er wieder in den Fleischerladen vor, d.h. er musste sich wieder hinten anstellen. Dass es einem Menschen schlecht wurde und er umfiel, hat kaum einen gestört. Wahrscheinlich haben alle gedacht, dass könnte vielleicht ein Fresser weniger sein. Irgendwann kam Günter aus dem Laden und hatte ein Stück Leberwurst und Blutwurst auf der Faust. Brot hatten sie noch genügend, sodass sie erst einmal ordentlich Brotzeit auf der Bank machen konnten. Dabei konnten sie auch die Ursache für Konrads Ohnmacht nur so aufklären, dass er zu lange einen leeren Magen hatte, und das lange Stehen und die Düfte in der Fleischerei diese auslösten. Das war eine Warnung für die Zukunft. Das sagt sich alles so leicht dahin, schließlich haben die beiden bei ihren Touren einen gewaltigen Energieverbrauch, vor allem Konrad, der noch voll im Wachstum war. Günter war in einem Alter, wo der Mensch am meisten isst, und vor allem an sich zuerst denkt, jedenfalls Günter. Er war nämlich mittlerweile zu Hause ausgezogen und wohnte bei der Oma in B., wo er natürlich nach allen Regeln der Kunst verwöhnt wurde. Als Günter dann das Abitur auf der Volkshochschule nachmachte und danach studierte, wurde er von den beiden Alten tatsächlich zur Kultfigur auf dem Hinterhof, wo nur Arbeiterfamilien wohnten, gehoben. Wenn die Oma aus dem Fenster rief, dass Günter über seinen Büchern sitzt und lernt, dann mussten alle ruhig sein und das klappte auch; Oma war eine Respektsperson auf diesem Hinterhof. Verständlicherweise waren Oma und Opa wahn-sinnig stolz auf Günter, denn einen Studierenden hatte es in ihrer Arbeiterfamilie noch nie gegeben.

In der DDR war das eben möglich, da konnte jeder, der die schulischen Voraussetzungen mitbrachte, studieren. Günter war von Natur aus sehr intelligent, sodass ihm das Studieren nicht schwer fiel, im Gegenteil.

Wenn Konrad unverhofft Oma besuchte, dann sagte sie regelmäßig: „Sei nicht so laut, Günter muss lernen!"

Und wenn Konrad dann in sein Zimmer trat, lag Günter in Ruhestellung auf dem alten Sofa und pennte. „Also so sieht dein Studium aus, du pennst und die Oma denkt, du lernst!", entrüstete sich Konrad künstlich.

Günter war dann sofort wach und für Konrad da. Oftmals hatte er auch irgendein Buch in der Hand und las, anstatt zu studieren. Trotzdem schloss er sein Chemiestudium mit der Note „gut" ab. Von da an war er Diplom-Chemiker, der erste Studierte in der Familie. Er selbst legte nie Wert auf Titel, er wollte immer Arbeiter sein – Diplom-Arbeiter gewissermaßen. In der DDR waren ohnehin alle Angehörige der Arbeiterklasse, vor allem die Parteibonzen nannten sich so, obwohl sie mit Arbeit überhaupt nichts im Sinn hatten, sie waren die Schmarotzer des Sozialismus. Günter war politisch überhaupt nicht aktiv, d.h. im Sinne der DDR; war nicht in der Partei und trotzdem Leiter eines Arbeiterkollektivs, eines Labors. Das war aber alles später. Günter stand erst am Anfang seiner Karriere und Konrad geht noch zur Schule.

Beide sind auf einer Radtour nach Bad Kösen mit Zwischenstation in Naumburg. Wenn die beiden sich nicht Bad Kösen als Ziel gesetzt hätten, wäre Naumburg eine viel interessantere Stadt, eine Stadt mit alter Geschichte, mit ihrem berühmten Dom. Im Jahre 1010 errichteten die Markgrafen von Meißen eine Burg am rechten Ufer der Saale. Rückverlegung des Bischofssitzes von Zeit nach Naumburg fand 1028 statt. Der Dom wurde im Jahre 1042 geweiht. Außergewöhnlich sind seine vier Türme. Im Inneren Hauptwerke des Naumburger Meisters, u.a. Stifterfiguren Ekkehard und Uta. In der Stadt befinden sich noch viele historische Gebäude und Sehenswürdigkeiten, welche Naumburg berühmt gemacht haben. Nach diesem geschichtlichen Diskurs durch Günter fuhren beide weiter in Richtung Bad Kösen. Bald näherten sie sich der nächsten historischen Stätte, nämlich Schulpforte, eine Klosterkirche des ehemaligen Zisterzienser-Klosters St. Mariae de Porta, gegründet 1251 – 1268, rasselte Günter herunter.

„Was kommen denn noch alles für historische Stätten, ehe wir in Bad Kösen sind?", wollte Konrad wissen.

„Du musst dich schon damit abfinden, dass wir uns in der geschichtsträchtigsten Gegend von ganz Deutschland befinden!", sagte er. „Hier in Mitteldeutschland nahm die deutsche Geschichte mit der Krönung des ersten deutschen Königs „Heinrich I." ihren Anfang. Und das meiste, was wir auf unserer Tour an historischen Objekten zu sehen bekommen, stammt aus dieser Zeit", ergänzte Günter.

Konrad bewunderte wieder einmal seinen Bruder, der alles wusste. In Schulpforte hielten sie sich nicht auf.

Besucher waren dort ohnehin nicht besonders erwünscht, weil sich in diesem gesamten Objekt ein Predigerseminar befand. Bald kam Bad Kösen in Sicht. Das Gradierwerk überragte als Wahrzeichen die Stadt. Die Sole-Quellen hatten den Ort berühmt und zum Badeort gemacht. Als einziges historisches Gebäude ist das „Romanische Haus" (ehemaliger Wirtschaftshof des Bischofs von Naumburg, erbaut zwischen 1032 und 1037, ältester Wohnbau Mitteldeutschlands). „Heute ist es Heimatmuseum", ergänzte Günter seinen Vortrag. Jetzt galt es erst einmal ihre Unterkunft zu finden. Es gab weder einen Stadtplan von Bad Kösen, noch gab es ein Telefon. Man musste sich eben irgendwie durchfragen. Nachdem sie etwa eine Stunde in dem Ort herumgeirrt waren, standen sie endlich vor dem gesuchten Haus, ein Einfamilienhaus mit Fremdenzimmern im Dachgeschoss. Deshalb hatte das Zimmer auch eine schräge Decke und ein winziges Fenster in einem winzigen Zimmer. Mit Mühe und Not hatten die Vermieter zwei Betten, einen Kleiderschrank und eine Waschkommode untergebracht.

Gott sei Dank gab es damals noch keine Doppelstockbetten, sonst hätten die zwei davon in dem Loch untergebracht. Auf der Waschkommode stand, wie das der Name schon sagt, eine Waschschüssel mit einem mit Wasser gefüllten Krug in der Mitte. An der Decke hing eine Lampe aus dieser Zeit, als die Leute das Haus erbaut hatten, etwa 1930. Die Tapete stammte auch aus der Zeit, aber die Tür und das Fenster waren frisch gestrichen. Günter hatte zwei Nächte gebucht und musste vorausbezahlen. Für Konrad war das alles sehr romantisch. Das Haus lag nahe dem Saalewehr, welches die Saale aus unbekannten Gründen in ihrem Lauf behinderte. Das Rauschen des Wassers war ihr ständiger Begleiter in ihrer Unterkunft, was die beiden nach den Strapazen der Hertour überhaupt nicht störte. Nachdem sie ihr Abendbrot verzehrt hatten, legten sie sich ins Bett und schliefen bis in den späten Morgen hinein. Konrad stand zuerst auf und musste aufs Klo, welches sich auf der Treppe befand, was schon ein Fortschritt gegenüber dem Klo auf dem Hof war. Anschließend wusch er sich an der Waschschüssel mit kaltem Wasser und Kernseife. Auf dem Gang befand sich ein Wasser-hahn mit Ausguss zum Wasserwechsel für Günter, der mittlerweile auch aufgestanden war. Verwöhnt wie der war, graute ihm vor dem kalten Wasser und machte sich möglichst wenig nass. Frühstück gab es vom Vermieter damals nicht, die Arbeit wollten sie sich nicht machen. Vielleicht beim Bäcker anstellen, um Brötchen zu holen – nein! Das konnten die Gäste gefälligst selber machen, und vor allem so junge Kerle noch bedienen, wo kom-men wir da hin? Das war damals deren Einstellung, welche auch über der gesamten DDR-Zeit so blieb.

Für die beiden Radtouristen war das alles kein Prob-lem, schließlich hatten sie schon ganz andere Zeiten mitgemacht und überlebt. Jetzt war Abenteuerurlaub angesagt – keine Erholung. Sie schwangen sich umge-hend auf ihre Räder und fuhren Richtung Rudelsburg.

Diese lag auf einem Felsen, etwa drei Kilometer von Bad Kösen entfernt, aber für die Radfahrer sehr beschwerlich zu erreichen. Das letzte Stück des Wegs mussten sie ohnehin laufen und die Räder schieben. Die hätten sie lieber in der Unterkunft lassen sollen, stellten sie fest bei der Mehrbelastung. Natürlich wurde der Weg immer steiler und unwegsamer, d.h. felsiger. Mehrmals machten sie eine Rast, vor allem wegen Konrad und seinen dreizehn Jahren. Günter schwitzte dafür mehr, bedingt durch sein überschüssiges Fett.

Eine Stunde war sicher vergangen, ehe sie oben auf dem Burghof ankamen. Auf dem Hof waren Tische und Bänke, welche zu dem Burgrestaurant gehörten, aufgestellt. Viele Plätze waren frei. Auch in der Gaststätte selbst war genügend Platz. Günter und Konrad stellten ihre Räder ab und setzten sich erst einmal an einen Tisch auf dem Hof. Günter holte etwas zu trinken. Beide blickten sich in Ruhe erst einmal um. Viel war von der ehemaligen Burg nicht mehr vorhanden, eben eine Burgruine. Immerhin stand diese hunderte von Jahren und wird noch weitere überstehen, wenn der Mensch keine weiteren Schäden daran verursacht.

Günter holte wieder sein Wissen hervor und erzählte: „Die Rudelsburg (Burgruine) 1171 urkundlich genannt, im Kern romanische Vierflügelanlage (im 14./15. Jh. ausgebaut, 1641 zerstört) über annähernd rechteckigem Grundriss, an der Westseite Rest des Palas, in der Südoststrecke romanischer Bergfried, an der Ostseite zweigeschossige Schildmauer, im Norden die Außenmauer der ehemaligen Kemenate."

Konrad staunte wieder über Günters Wissen. Jetzt galt es, den Bergfried zu erklimmen. Oben angekommen waren sie am Ziel ihrer Wünsche, alle Strapazen der Herfahrt und des Aufstiegs waren bei dem herrlichen Rundblick, den sie jetzt genießen konnten, vergessen. Unten, direkt am Burgfelsen entlang, schlängelte sich die Saale. Fast parallel dazu verlief die zweigleisige Eisenbahnstrecke Halle – Erfurt. Die Straße, die zur Burg hochführt, unterquerte die Bahnstrecke und überquerte die Saale, konnte man von oben sehen. Die beiden konnten sich nicht sattsehen.

Günter hatte seinen Fotoapparat mit und machte ein paar Bilder, die nichts wurden, was sie später feststellen mussten. Wahrscheinlich taugte der Film nichts, was damals nichts Ungewöhnliches war. Den Fotoapparat hatte Günter in Westberlin gekauft, worauf er ganz stolz war. Natürlich waren die beiden nicht alleine auf dem Turm, die anderen wollten auch etwas sehen, also verließen sie ihn schweren Herzens mit dem Trost, dass der Turm der Burg Saaleck auch noch zu bezwingen war. Die Burg Saaleck liegt in unmittelbarer Nachbarschaft zur Rudelsburg, also bequem zu Fuß zu erreichen. Auch sie ist nur eine Ruine mit zwei romanischen Bergfrieden (vermutlich Mitte 12. Jh.) durch Schildmauern miteinander verbunden. Nur einer der beiden Türme konnte bestiegen werden, was die beiden sofort in Angriff nahmen. Kraft war bei beiden noch genügend vorhanden, sodass sie in Nu auf der Turmspitze waren. Kräftige Mauern mit Zinnen begrenzten den Rundgang. Mit etwas Phantasie konnte man sich richtig vorstellen, wie damals ein wachhabender Ritter hier seine Runde machte und „Alarm!" rief, wenn feindliche Truppen im Anmarsch waren. Wie das dann irgendwann einmal ausging, kann man an dem derzeitigen Zustand der Burgruine erkennen. Auch diesen Turm mussten die beiden Burgtouristen irgendwann verlassen. Die Turmbesteigungen hatten mittlerweile großen Hunger ausgelöst, sodass das Burgrestaurant in der Rudelsburg die beiden magisch anzog. ‚Na mal sehen, was Günter ausgeben will', dachte Konrad. Günter hatte ja das Geld und war geizig. Jedenfalls hatte er sich zu einem kräftigen Mittagessen für beide durchgerungen. Dazu trank er sogar ein Bier, Konrad eine Brause. Nach dem Essen überfiel sie eine furchtbare Mattigkeit. Nachdem Günter bezahlt hatte, suchten sie sich eine gemütliche Bank und genossen ein Stündchen die schöne Natur um die Rudelsburg. Günter ruhte etwas ab, was er ohnehin am liebsten machte. Bald hatte Konrad keine Ruhe mehr und mahnte zur Abfahrt nach Bad Kösen, schließlich wollten sie sich die Stadt noch etwas näher ansehen, denn die Zeit verging wie im Fluge. „Morgen fahren wir schon wieder nach Hause", sagte Konrad mit etwas Bedauern in der Stimme. Die Abfahrt ging sehr rasant vonstatten, sodass sie ständig auf dem Rücktritt stehen mussten, um nicht zu schnell zu werden und vielleicht noch zu verunglücken. Nachdem sie den Felsenweg hinter sich gelassen hatten und auf die normale Asphaltstraße kamen, machte die Abfahrt erst richtig Spaß. Viel zu schnell waren sie wieder unten in der Stadt.

„Jetzt lohnt es sich, baden zu gehen!", sagte Konrad.

Von der Burg aus hatten sie das Freibad in der Saale gesehen und das Wasser war sauber. Lediglich im Wasser schwimmende Balken markierten die Größe des Freibades, getrennt nach Schwimmer und Nichtschwimmer. Schnell waren die verschwitzten Klamotten ausgezogen, die Badehosen hatten sie schon darunter und ab ging's ins Wasser. Da beide schwimmen konnten, schwammen sie sofort in das Schwimmerbecken und genossen das kühle Nass. Mindestens eine Stunde blieben sie im Wasser, dann mahnte Günter zum Aufbruch. Das berühmte Gradierwerk wollten sie auf jeden Fall noch ansehen und die gesunde Luft, welche aus der Solequelle gewonnen wird, eine gewisse Zeit genießen. Nachdem dieser Punkt auch abgearbeitet war, fuhren sie erst einmal ihre Unterkunft an, um ihre nassen Badesachen zum Trocknen aufzuhängen. Anschließend kauften sie beim Fleischer und Bäcker ihr Abendbrot und die Marschverpflegung für die Rückfahrt am nächsten Tag. Viel zu schnell war die Zeit vergangen. Gern wären sie noch etwas länger in Bad Kösen geblieben, jedoch waren auch andere Touren im selben Jahr geplant, sodass das ohnehin kärgliche Reisebudget der beiden auf möglichst viele Reiseziele verteilt werden musste. Am nächsten Tag brachen sie nach dem Frühstück zur Heimfahrt auf. Die Wirtin war mit ihren Gästen zufrieden gewesen, wünschte eine gute Heimfahrt und ein baldiges Wiedersehen. Die Rückfahrt zog sich ewig hin, Stunde um Stunde.

Alle Sehenswürdigkeiten an der Strecke waren uninteressant, nur Kilometer schaffen war wichtig. Günter musste langsamer werden, damit Konrad überhaupt hinterher kam. Naumburg war erreicht und achtzig Kilometer lagen noch vor ihnen, d.h. noch ca. sechs Stunden Fahrt. Konrad grauste davor. Günter wollte über Merseburg nach Bitterfeld fahren und Konrad sollte alleine von Bitterfeld nach Delitzsch fahren. Als sie nach mehrmaligen Rasten Halle erreicht hatten, war es bereits dunkel. Jetzt begann eine unendliche Strapaze, im Dunkeln auf der Landstraße von Halle nach Bitterfeld, etwa fünfunddreißig Kilometer. Konrad sah nur Lichter, die nicht näher kommen wollten. Die Kräfte ließen rapide nach. Immer öfter bat Konrad Günter um eine Rast. Konrad schmiss sich dann immer in den Straßengraben und wollte am liebsten dort liegen bleiben. Günter war zwar auch kaputt, machte sich und Konrad immer wieder Mut, die letzten Kilometer bis Bitterfeld durchzustehen. Mit letzter Kraft schwang sich Konrad wieder aufs Rad. Jeder Tritt auf die Pedale war eine Qual, nur langsam kamen sie auf dem sandigen Randstreifen voran. Die Spur hielten sie instinktiv, denn die Fahrradbeleuchtung war wirkungslos. Nur die Lichter in der Ferne waren gut zu sehen. Langsam, ganz langsam kamen sie näher. Irgendwann erreichten sie endlich den Stadtrand von Bitterfeld. Nur noch wenige hundert Meter bis zum Ziel waren zurückzulegen. Völlig erschöpft kamen sie nach zehn Stunden Fahrt auf dem Fahrrad bei der Großmutter an. Günter war zu Hause. Natürlich konnte er von Konrad nicht verlangen, dass er mitten in der Nacht mutterseelenallein nach Delitzsch fahren sollte. Er durfte ausnahmsweise bei der Oma in der Küche auf dem Sofa schlafen. Am nächsten Morgen fuhr er dann nach Hause. Die Eltern waren froh, dass Konrad und Günter wieder wohlbehalten zu Hause waren. Es gab wieder viel zu erzählen von der Reise, nur das Schöne; das Schwierige, die Strapazen waren schon so gut wie vergessen. Die Eltern sollten das gar nicht so genau wissen, denn die nächste Tour war schon geplant.

KYFFHÄUSERDENKMAL MIT BARBAROSSAHÖHLE

Günter hatte sich bereits intensiv mit der Geschichte des Kyffhäuserdenkmals befasst: Kyffhäuser, Ruine der Reichsburg Kyffhausen ist eine weiträumige romanische Anlage aus dem 11./12. Jahrhundert, bestehend aus Ober-, Mittel- und Unterburg. Teile der Unterburg wurden beim Bau des nationalen Kyffhäuserdenkmals (1890 – 1896 von B. Schmitz) überbaut, neben welchem das Kaiser-Wilhelm-Denkmal (Entwurf von Bruno Schmitz) steht. Die terrassenförmige Anlage wird überragt von einem Turm (57 m), dessen Vorderseite das 9 m hohe Bronze-Reiterstandbild Wilhelms I. (von E. Hundrieser) ziert. In einer Rundbogennische der zweiten Terrasse befindet sich die aus Stein gemeißelte Figur Friedrich Barbarossas (von N. Geiger). Zur Zeit der sächsischen Kaiser wurde die Burg zum Schutze der im Dorfe Tilleda am Fuße gelegener Platz erbaut, war die Burg oft Wohnsitz der Kaiser. Die älteste Nachricht ist die von der Eroberung der Burg 1118. Sie wurde wahrscheinlich im 10. Jahrhundert erbaut und 1178 von den Thüringern zerstört. Nach dem Neuaufbau im 16. Jahrhundert aufs Neue zerstört. Das war aber noch nicht alles, was Günter vom Kyffhäuser wusste. Die Kyffhäuser- oder Kaisersage, die Sage von dem, im Kyffhäuser ruhenden Friedrich II., aus dem später Friedrich Barbarossa gemacht wurde. In dieser Sage ist ein alter, allgemein verbreiteter Mythos mit der Person von Friedrich II. verbunden.

Fast alle Völker haben den Glauben, dass gewisse Helden, besonders Lieblinge des Volkes, nach dem Tode im Berge entrückt seien, wo sie fortleben. So sollte nach dem Volksglauben auch Friedrich II. nicht gestorben, sondern entrückt sein. Man hoffte, er werde einst wiederkommen und die alte Herrlichkeit des Reichs wiederherstellen. Seit dem Ausgang des 14. Jahrhunderts ist die Sage am Kyffhäuser lokalisiert. Am Anfang des 19. Jahrhunderts griffen sie die Romantiker wieder auf und Rückerts Lied „Barbarossa" (1817) machte sie bald in ganz Deutschland bekannt. Hier endet Günters Vortrag. Konrad war begeistert von der Geschichte. Am liebsten wollte er am nächsten Tag schon starten, was natürlich nicht möglich war. Wenn auch die beiden Brüder nicht viel Brühe machten, wenn sie auf Reisen gehen wollten, so waren jedoch einige wichtige Dinge vorzubereiten, wie z.B. die Durchsicht der alten Fahrräder. Ab und zu musste auch eine Reifendecke gewechselt werden. Flickzeug und Ersatzventile mussten ergänzt werden. Das alleine war schon eine Prozedur. Die Fahrradgeschäfte bzw. das eine, welches es in der kleinen Stadt gab, hatten mittlerweile schon manches zu bieten, jedoch nicht das, was am meisten gebraucht wurde.

Ging man in einen Laden, also auch in ein Fahrradgeschäft, stellte man dann immer missmutig blickenden Verkäufern oder der Verkäuferin die obligatorische

Frage: „Haben Sie …?" Meist lautete die obligatorische Antwort: „Nein!" Wenn man dann mit der notwendigen Ausdauer diese Prozedur mehrmals wöchentlich wiederholt hatte, konnte man doch eines Tages Glück haben und das Gewünschte bekommen. Gott sei Dank hatten die beiden Brüder, eigentlich Konrad, jede Menge Werkzeuge aus Vorkriegszeiten. Das meiste bekamen sie allerdings vom Vater gestellt. Öl zum Abölen der Kugellager gab es reichlich. Auch konnte man damit etwas Glanz auf den Rahmenteilen erzeugen. Den Rost am Lenker und anderer ehemaliger Chromteile kriegte man natürlich damit nicht weg. Die Beleuchtung war auch ein Drama, da es die kleinen Glühlampen so gut wie nie gab. Da kamen nur alte Bestände zum Einsatz. Zu guter Letzt waren beider Räder einsatzfähig. Zu Pfingsten sollte die Tour stattfinden. Herrliches Wetter war vorausgesagt worden. Zwei Tage mit einer Übernachtung waren geplant. Sommerlich gekleidet, d.h. in kurzen Hosen und Oberhemd machten sie los. Da es sehr warm werden sollte, nahmen die beiden weder eine Jacke, noch eine Decke mit auf die Reise. Etwas zu essen, das sollte genügen.

Auch über eine Übernachtung machte sich Günter keinen Kopf. „Wir werden schon etwas Passendes finden", sagte er.

Konrad verließ sich voll auf ihn, schließlich war Günter erwachsen und musste das wissen. Konrad fuhr von Delitzsch nach Brehna, wo er sich mit Günter traf, weil der aus Bitterfeld zu ihm stieß. Dann ging die Fahrt gemeinsam weiter, zuerst bis Halle. Die Durchfahrt durch Großstädte war immer besonders beschwerlich, vor allem Halle mit ihren vielen Kreisverkehren und Straßenbahnschienen, wo Radfahrer besonders gefährdet waren, wenn sie in eine Schiene gerieten. Schnell kam es da zum Sturz und nicht auszudenken, wenn dann gerade eine Straßenbahn naht. Damals waren in den Großstädten meist mehr Straßenbahnen als Autos unterwegs. Vor allem war das Fahrrad das wichtigste Verkehrsmittel für den Werktätigen. Das Gewühle in Halle war für die beiden Touristen eine Katastrophe; es war ja noch Berufsverkehr. Nach etwa zwei Stunden hatten sie endlich die Stadtgrenze auf der Ausfallstraße nach Sangerhausen – Nordhausen, also Richtung Kyffhäuser erreicht. Inzwischen ging es schon auf Mittag zu, die erste Rast musste gemacht werden, nach etwa vierzig Kilometern Fahrt. Erst einmal von dem Großstadtgewühl erholen, außerhalb der Stadt an einem ruhigen Ort. Ein paar Bäume, die Schatten warfen, luden sie zur Rast ein.

Inzwischen war es nämlich extrem warm geworden. Endlich etwas zu trinken, zu essen, danach lechzte Konrad. Günter ging es auch nicht anders. Also packten sie ihre Wasserflaschen und ihre Bemmen, welche die Mutter mit guter Butter und Wurst belegt hatte, aus und labten sich. Auch Obst und Tomaten hat die Mutter eingepackt. Zu trinken gab es Wasser mit Zitrone. Beim Trinken musste man sich sehr zurückhalten, da man sonst alles wieder rausschwitzte und noch mehr Durst kriegte. Die Pause war herum; Günter mahnte zur Weiterfahrt. Nächstes Etappenziel war Sangerhausen in etwa vierzig Kilometer Entfernung. In drei Stunden waren sie da. In dem Jahr war es zu Pfingsten extrem warm, etwa dreißig Grad. Nach einer kurzen Pause in Sangerhausen ging es weiter mit dem Ziel „Kyffhäuser". Zwanzig Kilometer waren noch bis zum Denkmal zurückzulegen, jedoch immer bergauf, denn das Denkmal liegt auf einer Höhe von circa vierhundertachtzig Metern. Unbarmherzig führten Serpentinen nach oben. An irgendeinem Punkt war Schluss – Absteigen und zu Fuß weiter, Rad schieben. Zu Fuß diese Steigung zu bezwingen ist schon schwer genug, aber auch noch ein altes, schweres Fahrrad schieben, wird schnell zur Strapaze, vor allem für einen Jungen von dreizehn Jahren. Natürlich fiel das Günter auch nicht leicht, obwohl er acht Jahre älter war. Mit eisernem Willen kämpfte sich Konrad nach oben; Meter für Meter bei glühender Hitze. Kurve um Kurve. ‚Wann sind wir endlich oben? Nach der nächsten Kurve? Nein, immer noch nicht, noch eine Kurve? Es ist zum Verzweifeln!', ging es Konrad durch den Kopf. ‚Ich muss es schaffen, ich muss es schaffen! Bald sind wir oben!', sagte sich Konrad immer vor. Endlich, endlich nach Stunden kam das ersehnte Ziel in Sicht, das Plateau war endlich erreicht. Zuerst suchten sie sich ein Plätzchen im Schatten zum Ausruhen nach dieser Strapaze. „Ein Grasfleck!", rief Konrad voller Freude aus und schmiss sich längelang auf den Rücken auf das saftige grüne Gras –

ein Traum – endlich geschafft, endlich ausruhen. „Ich stehe hier nicht wieder auf!", rief er Günter zu, welcher es ihm nachmachte und sich ebenfalls lustvoll ins Gras sinken ließ. Lange konnten sie nicht liegen bleiben, denn sie hatten ja ein Ziel, das Kyffhäuserdenkmal besichtigen, d.h. besteigen. Siebenundfünfzig Meter ragte der Turm hoch. Einen Aufzug gab es natürlich nicht. Zuerst statteten sie dem alten Kaiser Barbarossa aus Stein einen Besuch ab, ein beeindruckendes Kunstwerk. Der Kaiser mit seinem langen roten Bart, wartend auf ein Erwecken nach eintausend Jahren, um das alte deutsche Reich wieder erstehen zu lassen. Konrad rechnete aus, dass dies im Jahre 2190 wäre, also erst in 176 Jahren – ein schwacher Trost.

„Da müssen wir noch ganz schön lange ohne Kaiser auskommen", ergänzte Günter sarkastisch. Nachdem sie sich an Barbarossa sattgesehen hatten, begaben sie sich über eine breite Treppe zur Terrasse des Denkmals, wo sich auch der Eingang befand. Von hier aus konnten sie das imposante Reiterstandbild Wilhelm I. von unten bewundern, ein neun Meter hohes Bronzestandbild. „Das müssen wir uns von der Seite ansehen!", rief Konrad voller Begeisterung und sauste davon. Von der Seite konnte man das Standbild in seiner ganzen Größe erst richtig erfassen. Das riesige Pferd mit dem riesigen Reiter darauf war einfach überwältigend für die beiden Touristen. Das wollten sie natürlich auch von oben sehen und begaben sich in das Innere des Turms, wo sie zuerst eine Halle betraten, von welcher aus eine Treppe nach oben führte. Um siebenundfünfzig Meter zu überwinden, waren circa dreihundert Stufen zu steigen. Genau gezählt haben sie sie nicht. Der herrliche Rundumblick übers Land entschädigte die beiden für alle Strapazen, die sie hinter sich gebracht hatten. Als sie mit den Fahrrädern sich abquälten, um dem weit sichtbaren Denkmal endlich näher zu kommen, konnten sie vom Denkmal aus das andere Extrem genießen, nämlich die Rundumaussicht übers Land mit einem Radius von vielen Kilometern.

Das veranlasste Günter zu der Erkenntnis, dass die Altvorderen, welche den Standort des Denkmals ausgesucht hatten, absolute Genies waren, da es nicht nur unheimlich weit sichtbar ist, sondern, dass es auch die Mitte des Deutschen Reichs markiert.

„Man möchte hier oben wohnen!", sagte Konrad zu Günter.

„Wir müssen aber trotzdem langsam wieder absteigen, sonst wird es dunkel, bevor wir eine Übernachtung gefunden haben", antwortete Günter.

Runter ging es schnell, sodass sie sich in kurzer Zeit wieder auf ihre Drahtesel schwingen konnten. Die Abfahrt auf der in Serpentinen verlaufenden Straße wurde lebensgefährlich für die beiden. Die Fahrräder wurden immer schneller, obwohl Konrad schon dauernd auf der Rücktrittbremse stand. Nicht auszudenken, wenn jetzt die Kette reißen würde, dann gäbe es keinen Halt; ein Sturz den Abhang hinab wäre tödlich. Der Rücktritt glühte buchstäblich. Nur wenn die Straße ein

Stück gerade verlief, ließ Konrad los und das Fahrrad beschleunigte sofort auf fünfzig bis sechzig Stundenkilometer. Bei dieser Geschwindigkeit wäre Konrad unweigerlich aus der nächsten Kurve geflogen, also wieder voll auf den Rücktritt stellen und somit die Geschwindigkeit soweit verringern, also etwa auf vierzig Stundenkilometer, was für ein Fahrrad auch noch sehr schnell ist und durch die nächste Kurve jagen. Da durfte nichts im Wege sein, denn anhalten war bei dem Gefälle und der Geschwindigkeit unmöglich. Günter ging es natürlich genauso, d.h. er war durch sein größeres Körpergewicht noch schneller und musste noch mehr Kraft zum Bremsen aufwenden, um durch die Kurven zu kommen. In jeder Kurve verschwand er aus Konrads Sicht und tauchte dann auf der Geraden wieder auf. Konrad hatte aber voll mit sich zu tun. Irgendwann kamen sie wohlbehalten im Tal an. Bis zum Zerreißen waren die Nerven angespannt. Es dauerte eine ganze Weile, dass sie sich wieder beruhigt hatten, um weiterfahren zu können. Gott sei Dank hatten auch die Fahrräder diese Höllenfahrt ohne Panne überstanden. Die alten Mühlen waren eben noch echte Friedensware, wie die Alten immer sagten. Vor allem der alte Torpedo-Freilauf mit Rücktrittbremse. Vorderradbremsen waren nur Attrappe; ein Gummi drückt beim Betätigen auf die Decke des Vorderrades. Bei der zurückgelegten Höllenfahrt hätte das voraussichtlich den Reifen von der Felge gefetzt, was unweigerlich einen furchtbaren Sturz zur Folge gehabt hätte. Mittlerweile war es dunkel geworden. Sie waren zwar in einem Ort, wussten aber weder wie der hieß, noch wo sie eine Übernachtungsmöglichkeit finden könnte. Sie irrten ziellos durch den Ort, ohne eine freie Herberge zu finden, alle Fremdenzimmer waren über Pfingsten belegt. Was nun? „Da können wir nur im Freien schlafen", resümierte Günter. „Wie soll denn das gehen?", fragte Konrad, „Und wo?". „Da bleibt bloß der Wald", antwortete Günter. „Wir müssen aus dem Ort rausfahren in den Wald." Gesagt und getan, die beiden schwangen sich auf die Räder und fuhren in den Wald, welcher gleich an den Ort grenzte. Gott sei Dank schien der Mond, sodass sie bald eine für sie geeignete Stelle zwischen hohen Tannen gefunden hatten. Es war eine kleine mit Moos und Gras bewachsene Lichtung. Da am Tage die Sonne vermutlich auf diese kleine Fläche kräftig geschienen hatte, es war ja fast dreißig Grad warm am Tag, war diese Stelle trotz der vorgerückten Abendstunde relativ warm. Sie hatten nicht einmal eine Decke mit, sodass sie sich in ihren kurzen Hosen und Sommerhemden ins Gras legten, ganz dicht beieinander. Konrad lag auf dem Rücken und versuchte zu schlafen. Die Strapazen des Tages sorgten dafür, dass Konrad einschlief. Plötzlich wurde er wach, wovon wusste er nicht. Vielleicht war es irgendein Geräusch aus dem Wald. Er riss die Augen auf und erblickte die riesigen Bäume um sich, wie sie in den Himmel ragten, wie Riesen aus dem Märchenbuch. ‚Das ist aber kein Märchen!‘, durchzuckte es Konrad, das wirklich war, er träumt das nicht. Ungeheure Angst befiel ihn.

Er blickte sich um zu Günter, welcher scheinbar fest schlief, was Konrad etwas beruhigte. ‚Günter ist ja da, der wird mich vor den bösen Geistern beschützen.‘, was er aber wiederum nicht glauben konnte, weil er wusste, dass Günter ein ziemlicher Feigling war. ‚Schluss mit Geistern und sonst was, wir liegen hier im Wald und versuchen zu schlafen, das ist die Realität!‘, machte sich Konrad Mut. Er wollte die Riesen um sich nicht mehr sehen und kniff die Augen ganz fest zu, um einzuschlafen. An richtiges Schlafen war überhaupt nicht zu denken. Was Konrad in dieser Nacht durchmachte, war kaum zu beschreiben. Ein Zwischending zwischen Halbschlaf und Halbwachsein, mit den wildesten Alpträumen, peinigten Konrad. Die Bäume des Waldes verwandelten sich in lebendige Riesen, welche Konrad und Günter fressen wollten. Konrad wollte immer wegrennen, was aber nicht ging. Kurz bevor ein Riese ihn am Kragen packen wollte, wurde er richtig wach und öffnete die Augen. Die Riesen waren immer noch da. Langsam kam ihm zum Bewusstsein, dass es Bäume waren und das sie im Wald übernachteten. Langsam dämmerte es und es wurde kalt. Auch Günter wurde durch die Kälte geweckt. Alpträume hatte er bis dahin scheinbar nicht. Aber die heraufkommende Morgenkälte, welche um Pfingsten herum nichts Ungewöhnliches war. Am Tage eine Bullenhitze und in der Nacht hundekalt. Die beiden Fahrradtouristen froren in ihren kurzen Hosen und Sommerhemden erbärmlich. „Da hilft nur Bewegung", sagte Günter, stand rasch auf und fing an, Gymnastik zu machen. Konrad machte es ihm sofort nach. Nach etwa fünf Minuten wurde es ihnen schon etwas wärmer. Dann machten sie einen Waldlauf, wobei sie natürlich aufpassen mussten, die Orientierung nicht zu verlieren und ihre Fahrräder nicht wiederfinden, denn der Wald sieht überall gleich aus. Mittlerweile war es auch ganz hell geworden und die Sonne fing an, wärmende Strahlen zur Erde zu senden. Deshalb packten die beiden ihre Räder und verließen so rasch sie konnten den Wald, um in die Sonne zu kommen. Am Waldesrand machten sie erst einmal Frühstück, allerdings ohne Kaffee und Brötchen. Lediglich eine alte Bemme vom Vortag war für jeden noch da. Zu trinken gab es Wasser aus der Feldflasche.

„Mit der Mahlzeit kommen wir nicht nach Hause", resümierte Günter. „Wir müssen uns noch etwas zu essen besorgen, d.h. kaufen."

Aber wo? Es ist Feiertag, die Geschäfte haben alle zu, stellten beide fest. Was nun, war die allgemeine Frage? Da fielen Günter die vielen Pensionen und Privat-Fremdenzimmer-Vermieter ein, welche auf jeden Fall für ihre Gäste Frühstück reichen.

„Am besten ist eine Gaststätte mit Pension, die haben alles", sagte Günter.

Konrad hoffte heimlich, dass Günter genug Geld und Lebensmittelmarken mit hatte. Brötchen mit Marmelade gab es auf jeden Fall ohne Lebensmittelmarken, wusste er. Bald war eine einladende Gaststätte mit Pension gefunden. Der Wirt guckte zwar skeptisch, als die beiden durchfrorenen Radtouristen auftauchten und um ein Frühstück baten. Zuerst musste Günter unsere Geschichte erzählen, vor allem unsere Übernachtung im Wald. Nachdem Günter ihm auch sein Geld und die Lebensmittelmarken vorwies, wurde der Wirt wesentlich freundlicher und sprach den beiden sogar sein Mitleid aus, dass sie keine Übernachtung gefunden hatten; auch bei ihm ist alles ausgebucht, sagte er. „Nun setzt euch erst einmal in und stärkt euch ordentlich!", ergänzte er. Es gab frische Semmeln mit Butter und Marmelade, danach ein weich gekochtes Ei. Ein warmer Malzkaffee rundete das Frühstücksmenü ab. Günter und Konrad fühlten sich wie die Fürsten. Nach dieser furchtbaren Nacht, jetzt diese herrliche Bewirtung. Unsagbar dankbar waren sie dem freundlichen Wirt, was Günter ihm und vor allem auch seiner Frau, welche das Frühstück gerichtet hatte, zum Ausdruck brachte, als er die Rechnung bezahlte. Danach stellte er voller Freude fest, dass dieser Betrag sein finanzielles Budget noch nicht erschöpft hatte.

Dieses ermutigte ihn, die Wirtsleute zu bitten, einen herzhaften Marschproviant für die Rückfahrt zusammenzustellen und an die beiden zu verkaufen. Etwas Geld und auch Lebensmittelmarken für Wurst habe er noch, schloss Günter seine Bitte. Wie erwartet waren die Wirtsleute sofort bereit, einen ordentlichen Reiseproviant zusammenzupacken und den beiden für entsprechende Bezahlung zu übergeben. Günters Geld war nun bis auf ein paar Pfennige aufgebraucht. Zu trinken gab's nur Wasser aus der Pumpe, an welcher sie auch ihre Flaschen füllten. Gut gefrühstückt und ausgerüstet machten sie sich auf den Heimweg. Natürlich ging es erst einmal wieder bergauf bis sie die Fernverkehrsstraße nach Halle über Sangerhausen und Eisleben erreicht hatten. Die Strecke verlief relativ eben. Konrad graute es am meisten vor der Durchfahrt von Halle, mitten durch die Stadtmitte, ca. zwanzig Kilometer Stadtgebiet mit den meisten Kreisverkehren der Welt, dachte Konrad. Dabei war die Straßenbahn auch immer im Wege. Aber noch war es noch lange nicht so weit. Bis Halle waren es noch rund achtzig Kilometer. Die Straße war wie ein Gummiband. Endlich kam Sangerhausen in Sicht, wo sie außerhalb der Stadt eine Rast einplanten. Die Stadt hatten sie hinter sich gelassen und fanden auch bald einen idealen Rastplatz am Waldrand. Etwas essen und trinken und weiter ging es. Lange konnten sie sich nicht aufhalten, denn die Zeit rannte. Günter wollte noch vor Einbruch der Dunkelheit Halle passiert haben. Die nächste Stadt war Eisleben, wo sie so schnell wie möglich durchfuhren. Für eine Pause war keine Zeit. Und der Hintern tat Konrad schon lange weh. Die Genitalien waren bei den langen Radtouren immer wie abgestorben, völlig taub. Beim Pinkeln kniff sich Konrad manchmal in den Penis und spürte nichts, aber das kannte er schon von den vorangegangenen Touren. Man muss eben öfter eine Pause machen, dann gibt sich das wieder relativ schnell. Mit der Zeit wird der gesamte Beckenbereich abgehärtet. Auch Konrads Beinmuskeln waren wie Stahl, stellte Konrad mit Stolz fest. Der gesamte Körper wurde natürlich bei solchen Gewalttouren extrem belastet und damit gestählt. Heute nennt man das Extremsport. Konrads Freunde und Klassenkameraden hielten sich von solchen Fahrradtouren lieber fern. Einmal hatte er mit einem Freund eine Fahrradtour in die Dübener Heide nach Bad Schmiedeberg gemacht. Konrad kannte ja bereits die Strecke. Der andere wäre bald vor Erschöpfung unterwegs gestorben. Und die Tante hat den was bedauert. Auf jeden Fall sollte es etwas Richtiges zu essen geben, Schweinebraten mit Klößen. Das sah sehr lecker aus, als das dampfende Essen auf dem Tisch stand. Da sah Konrad mit Entsetzen ein großes Stück Birne in der Soße liegen. Alles schmeckte süß – furchtbar. Konrad traute sich nicht, seines Freundes Tante zu bitten, die Birne aus der Soße zu entfernen, es war ohnehin zu spät. Konrads Freund ließ es sich schmecken und die Tante war ganz stolz auf ihr Gericht. Und Konrad quälte sich bei jedem Bissen. Alles schmeckte süß, sogar das Fleisch – widerlich. Er quälte es sich rein. „Hat's geschmeckt, willst du noch etwas nach?", fragte sie zuerst ihren Neffen, welcher nicht nein sagte, dann Konrad, der sich höflich bedankte. Gott sei Dank gab es als Nachtisch einen Vanillepudding und der schmeckte. Anschließend noch eine Limonade und das furchtbare Mittagessen war neutralisiert. Konrads Freund hatte sich natürlich überfressen und wollte erst einmal ein Schläfchen machen, statt gleich wieder nach Hause zu fahren. „Ihr könnt doch heute bei mir übernachten, ich habe doch Platz!", meldete sich die Tante. Für Konrads Kumpel war das Musik in den Ohren. Auch Konrad konnte sich langsam an den Gedanken gewöhnen, es war ja nicht schlecht hier, ringsum schöner Wald. Ein Gästezimmer mit zwei frisch bezogenen Betten stand einladend bereit und so blieben sie über Nacht. Am nächsten Tag gab es ein herrliches Frühstück von der Tante.

Da passte natürlich süße Marmelade zum Butterbrötchen. Nach dem Frühstück schwangen sie sich auf ihre Räder und machten sich wieder auf den Heimweg. Da die Strecke von Bad Schmiedeberg bis Bad Düben ständig bergauf und bergab verlief, hörte Konrad dauernd das Gejammer und Gestöhne von seinem Kameraden. Dauernd wollte er Rast machen und fluchte vor sich hin, dass er so eine Tour nie wieder machen werde. Konrad war unerbittlich und trieb ihn ständig an. Kaum war er ein Stück vornweg gefahren, so hielt sein Kumpel einfach an, schmiss sein Fahrrad und sich selbst in den Straßengraben und jammerte, er könne nicht weiterfahren, ihm täte alles weh. „Mensch, bist du ein Waschlappen!", schimpfte Konrad ihn aus. Mindestens dreimal ging das so bis Bad Düben. Sobald ein Berg vor ihnen auftauchte, machte der Kumpel erst einmal Rast. Konrad war sauer und nahm sich vor, nie wieder mit so einer Pfeife eine Radtour zu machen. Erst nach Stunden kamen sie zu Hause an. Und die Memme wurde von seiner Mutter bedauert. „Du armer Junge, du musst ja vollkommen kaputt sein. Komm schnell nach oben und iss erst einmal etwas!", jammerte und klagte sie um das Wohl ihres Filiusses. Konrad konnte das nicht mehr hören und haute schnell ab. Von seinen Kumpels wird wohl nie wieder einer eine Radtour mit ihm unternehmen, wusste Konrad. Mittlerweile hatten die Brüder so ziemlich alle Sehenswürdigkeiten im Umkreis von ca. hundertzwanzig Kilometern abgeklappert. Nur die Burg Kriebstein war noch offen, etwa achtzig Kilometer von Delitzsch entfernt. Die Tour führte über Eilenburg, Grimma, Colditz, Hartha, Waldheim. Günter hatte ein Zelt gekauft, eine super Anschaffung damals in den Fünfzigern. Ein Zweimannzelt in Militärgrün mit einem neuartigen Gestänge zum Zusammenklappen, wobei die Enden im verpackten Zustand aus dem Sack herausragten, was natürlich auf dem Fahrradgepäckträger äußerst hinderlich war. Sicherheitshalber machten sie auf dem Hof erst einmal eine Probeaufstellung, welche recht kompliziert war: das Zelt fiel immer wieder in sich zusammen, bis sie feststellten, dass auch Spannseile festzuzurren waren. Hierfür waren sogenannte Heringe, die man in den Boden einschlagen musste, erforderlich. Natürlich waren diese beim Zeltkauf nicht dabei und mussten nachträglich angeschafft werden. Des Weiteren waren Luftmatratzen erforderlich. Leider gab es nur eine professionelle Westluftmatratze. Die andere bestand aus einzelnen Gummibälgen, die in einer Stoffhülle steckten und einzeln aufgeblasen werden mussten und erfüllte damit auch ihren Zweck. Man konnte wahlweise darauf schlafen oder darauf im Wasser schwimmen. Der Tour nach Kriebstein stand nun nichts mehr im Wege. Günter hatte geplant, zuerst die Burg zu besuchen und anschließend an der Kriebsteintalsperre in unserem neuen Zelt zu übernachten, also es einzuweihen. Wie bei allen Touren aus der Leipziger Tiefebene heraus hatten sie wieder erhebliche Höhenunterschiede zu überwinden. Stetig ging es bergauf. Ohne große Zwischenfälle hatten sie in den Nachmittagsstunden Waldheim erreicht. Die ganze Stadt lag am Berg, sodass die Häuser an der Hauptstraße in Stufen sich daran entlang zogen. Für die beiden Radtouristen war es zuerst ein angenehmes Gefälle in die Stadt hinein. Die eigene Körperlast, vor allem bei Günter, sowie die Last unseres Gepäcks einschließlich Zelt, sorgten dafür, dass die Räder immer schneller ins Tal sausten, sodass Konrad buchstäblich auf dem Rücktritt stand, um sicher an der Talsohle anzukommen. Günter war schon weit unten zum Stehen gekommen und wartete auf Konrad, welcher mit glühendem Rücktritt ebenfalls zum Stehen kam. „Mensch, war das wieder eine Höllenabfahrt!", keuchte Günter. Jetzt suchen wir uns erst einmal ein ruhiges Plätzchen und machen einen Plan. Zuerst müssen wir etwas essen, ich habe kräftigen Hunger!", meldete sich Konrad. Da sie sich am Markt der Stadt befanden, war auch eine Bank nicht weit.

Die Mutter hatte wieder ein ordentliches Marschpaket mitgegeben, hauptsächlich Eierbemmen, natürlich mit

Eiern aus eigener Hühnerhaltung. Außerdem gab es Speckbemmen und auch eine Leberwurstbemme, alles Delikatessen in der damaligen Zeit. Dazu gab es Tomatensalat im Marmeladenglas, Konrads Leibgemüse. Tomaten konnte er früh, mittags und abends essen, davon kriegte er nie genug. Günter hatte sein eigenes, von der Oma gepacktes Fresspaket mit. Da gab es natürlich nur das Beste: Blutwurst, Leberwurst, Schinken und sogar gebratenes Fleisch; für Günter war der Oma nichts gut genug. Sogar Schokolade hat sie rausgesucht, welche sie zeitweise von ihrer Tochter, die kurz vorher in den Westen abgehauen war, bekam und in ihrem Kleiderschrank hortete. Meist ließ sie das Zeug leider umkommen, als es selbst zu verzehren oder zu verschenken.

Konrad hatte noch nie aus diesem Fundus schöpfen können, jedenfalls konnte er sich nicht daran erinnern, dass er jemals ein Stück Schokolade von seiner Oma gekriegt hat, von keiner seiner beiden Omas, kam ihm ins Bewusstsein.

„Willst du auch ein Stück Schokolade haben?", fragte Günter überflüssigerweise Konrad, in der Hoffnung, der würde „Nein" sagen. Den Gefallen tat er ihm aber nicht. „Ja, ich möchte auch ein Stück Schokolade haben", sagte Konrad. Und Günter tat sich schwer, ein Stück von der Tafel abzubrechen und es Konrad zu geben. ‚Der ist genauso geizig wie die Oma.', dachte Konrad. Bloß gut, dass er keine Tomaten aß, davon hätte ihm Konrad auch ungern abgegeben. Zu trinken hatte Konrad Ziegenmilch von der Mutter mitgekriegt. Günter hatte Tee von der Oma mitbekommen. Noch war genügend zu essen und zu trinken da, aber die Tour hatte erst angefangen. Sie wollten vielleicht mehrere Tage an der Kriebsteintalsperre zelten und baden. Mit ihrem Zelt waren sie nunmehr völlig unabhängig von Pensionen und Hotels, und darüber waren sie glücklich. Nachdem sie sich gestärkt hatten, hielt Günter wieder seinen obligatorischen Vortrag über das erst Ziel, nämlich Burg Kriebstein, welche sie besichtigen wollten. „Die Burg Kriebstein ist eine der schönsten und besterhaltenen Burgen Sachsens. Es handelt sich um eine unregelmäßige Anlage auf annähernd ovalem Grundriss, Hauptbauzeit war 1384 – 1408. Arnhold von Westfalen baute sie 1471 weiter aus, des Weiteren 1564. 1866 wurde sie stark verändert. Besonders bemerkenswert ist die Kapelle (spätromanisch um 1200) mit Kreuzgratgewölbe sowie Wand- und Deckenmalereien aus der 1. Hälfte des 15. Jahrhunderts. Im sogenannten Bauernsaal befindet sich der spätgotische Flügelaltar um 1507 und gemalter Flügelaltar um 1520. Museum: u.a. Geschichte der Burg und der bäuerlichen Frondienstbarkeit bis zum 19. Jahrhundert. Viele Ausstellungsstücke vergangener Zeiten und Mobiliar sind zu besichtigen." Soweit die Erläuterung Günters zur Burg Kriebstein. Konrad war gespannt, was sie erwartete. Zuerst einmal eine Wahnsinnssteigung. Diese Steigung zu überwinden, kostete Konrad die meiste Kraft, die er bei den bisherigen Fahrradtouren aufwenden musste. Dazu kam noch die

Hitze an diesem Tage. Es war Hochsommer. Es war kein Begehen, sondern ein Ersteigen dieser Straße. Nicht nur sich selbst, sondern auch das Fahrrad galt es, nach oben zu schleppen. Manchmal verlor dabei Konrad die Balance, sodass das Fahrrad durch die Last auf dem Gepäckträger praktisch wegkippte und Konrad zu Boden riss. Bei allen bisherigen Fahrradtouren war diese die erste, bei welcher Konrad vor Anstrengung und Verzweiflung den Tränen nahe war. Von Günter kam nicht viel Trost, der war schon fast oben an der Burg. Konrad hob mit zitternden Knien sein Fahrrad hoch und lehnte es an die Felswand. Er selbst setzte sich daneben in den Straßendreck. Ihm war alles egal; nur erst einmal ausruhen, war sein Wunsch. Danach ging es nur in Etappen weiter, wobei jede Etappe eine Wahnsinns Strapaze für Konrad war.

Aber sein eigener Wille trieb ihn immer weiter, bis nach Stunden der Strapazen endlich die Burg in Sicht kam. Doch das letzte Stück kostete nochmal wahnsinnig viel Kraft. Zuerst musste noch das letzte Stück Straße bis zum eigentlichen Weg zum Burgeingang bezwungen werden. Das zog sich ewig hin. Endlich hatte Konrad den Abzweig erreicht und musste sich wieder erst einmal ausruhen. Günter hatte hier gewartet, bis Konrad ran war. Von hier ab verließen sie die einigermaßen feste Straße und es begann ein loser Schotterweg, noch steiler als die Straße bis zu diesem Abzweig. Auf dem losen Geröll wollte das Rad noch stärker abrutschen, als auf der relativ festen Fahrbahndecke der Straße, sodass

Konrad nicht nur Kraft für den Aufstieg, sondern auch verstärkt zum Balancehalten des Fahrrades brauchte. Der Weg wollte kein Ende nehmen. Konrad kam es wie eine Ewigkeit vor, bis er endlich am Tor der Burg ankam. ‚Geschafft, endlich geschafft!', waren seine Gedanken voller Stolz, aber auch völlig kaputt. Es dauerte ziemlich lange, ehe er sich am Anblick der Burg erfreuen konnte. Fahrrad abstellen und eine Bank auf dem Burghof aufsuchen, war alles eins. Gott sei Dank war eine Bank frei, schließlich waren sie nicht die einzigen Besucher. Gut eine Stunde brauchten sie, um sich für die Besichtigung der Burg ausgeruht genug gefühlt haben. All das, was Günter vorausgesagt hatte, war in der Burg real vorhanden, natürlich sehr beeindruckend und geschichtsträchtig. An Phantasie mangelte es Konrad weiß Gott nicht, sodass er sich das Leben auf dieser Burg gut vorstellen konnte. Günter hatte auch immer einen Kommentar zu diesem oder jenem Thema parat. Meist erhob sich immer die Frage, ob es damals besser oder schlechter für die Menschen als heute war. Besser war und ist es immer für die Mächtigen, die Privilegierten. Die Abgabe des Zehnten erscheint einem gegenüber heute relativ gering. Beide waren sich darüber einig, lieber Ritter als Bauern gewesen zu sein. „Und wenn es die Ritter nicht gegeben hätte, hätten wir nicht so viele Burgen zu besichtigen", stellen beide abschließend fest. Langsam neigte sich der Tag dem Ende entgegen und die beiden Touristen wollten noch weiter zur Kriebsteintalsperre. „Wie kommen wir dorthin?",

143

fragte Konrad. „Zurück auf die Straße und weiter aufwärts Richtung Talsperre." „Noch weiter hoch?", fragte Konrad ungläubig. „Nicht mehr sehr weit", antwortete Günter. Zuerst die Fahrradtour von Delitzsch hierher, dann die Burgbesichtigung, alles an einem Tage. Und jetzt noch weiter bis an die Talsperre, bergauf. ‚Arschbacken zusammenkneifen!', sagte sich Konrad und schnappte sein Rad fest am Lenker. Vorwärts war die Losung. Wie lange das nochmal gedauert hat, weiß keiner zu beschreiben – sie hatten es geschafft, die Kriebsteintalsperre lag vor ihnen. Ein Platz zum zelten, nicht weit vom Wasser, war schnell gefunden. Es dämmerte langsam, als Günter das Zelt auspackte und über die Technik des Aufbaus rätselte.

„Zuerst müssen wir eine Fläche, so groß wie die Grundfläche des Zeltes, planieren. Danach auf dieser Fläche das Zelt aufbauen", kommandierte Günter.

Mit dem neuen Patent war das schwieriger, als mit dem alten, bei welchem die Zeltstangen einfach zusammengesteckt werden mussten. Endlich hatte es Günter geschafft, das neuartige Gerüst aufzustellen. Jetzt musste nur noch das Zelt darübergestülpt werden, Konrad an der einen und Günter an der anderen Stirnseite, versuchten sie nun, das Zelt über das Gestänge zu stülpen. Als Konrad mit Mühe und Not das Zelt über die oberste Spitze des Patentgestells hieven wollte, es aber nicht ganz schaffte, klappte das ganze Patentgestänge in sich zusammen. Einige Neugierige, die sich versammelt hatten, lachten verstohlen. Das war für Günter und

Konrad besonders peinlich. ‚Die sollten lieber mit helfen!‘, dachten sie. Und was sie überhaupt nicht erwartet hatten, traten einige hinzu und im Nu war das Zelt aufgestellt. Für diese schnelle Hilfe waren Günter und Konrad den Helfern natürlich sehr dankbar.

Sie mussten nur noch das Zelt mittels Heringen fest verzurren und einen Wassergraben um das Zelt ziehen, welcher sich bereits in der ersten Nacht bewährt hatte. Nun mussten nur noch die Luftmatratzen aufgeblasen werden, und zwar mit dem Mund; Luftpumpen für diese Zwecke gab es damals noch nicht. Günter musste das erledigen. Bei der Luftmatratze mit den einzelnen Schläuchen war das besonders anstrengend, denn jeder Schlauch musste einzeln aufgeblasen werden und dann noch das Kopfende. Da es noch hell war, packten sie flugs ihre Badehosen aus, schnappten sich die moderne Luftmatratze und ab ging's ins Wasser. War das ein Genuss nach den Strapazen des Tages. Die Erschöpfung war wie weggeblasen. Beide waren gute Schwimmer, sodass sie weit hinaus ins tiefe Wasser schwimmen konnten. Zum Ausruhen war die mitgeführte Luftmatratze ideal. Man konnte sich darauf legen und mit den Händen im Wasser planschen. Sie trug auch bequem zwei Mann, wenn man sich quer darauf legte, ein ideales Spielzeug im Wasser. Als sie sich genug abgekühlt hatten, begaben sie sich wieder an Land, d.h. an ihr Zelt. Konrad fühlte sich wie neugeboren und hatte einen Riesenhunger. Günter ging es genauso, sodass sie sich ihr Mitgebrachtes schmecken ließen. „Morgen früh gehst du zum Bäcker und holst frische Brötchen zum Frühstück", beauftragte Günter den kleinen Konrad, der fürchterlich erschrak. „Wo soll ich denn hier Brötchen holen, ich kenne doch hier nichts!", protestierte Konrad. „Dann müssen wir eben zusammen in den Ort fahren", antwortete Günter. „Für den Notfall ist für morgen früh auch noch etwas Brot da, damit du nicht wieder vor Hunger umfällst." Mittlerweile wurde es langsam dunkel und es kehrte Ruhe auf dem gesamten Zeltplatz ein. Bloß gut, dass die Luftmatratze noch in der Abendsonne getrocknet ist und zum Schlafen benutzt werden konnte. Da Günter der Große war, kriegte er auch die große Luftmatratze. Konrad war mit der kleinen auch zufrieden, da sie fast weicher als die andere war. Am Kopfende brachten sie ihr Gepäck unter. Schlafdecken hatten sie auch mit, nicht so, wie bei der Kyffhäuser-Tour, als sie im Freien geschlafen haben, ohne Decken, ohne alles. Mit Grausen dachte Konrad an diese Tour zurück. Wie gemütlich wurde das jetzt im Zelt, wo es langsam immer dunkler draußen wurde. Günter hatte nur eine alte Taschenlampe als Zeltbeleuchtung mit, welche nur im Notfall zu benutzen war. Günter schnürte die Zeltöffnung zu und sie legten sich völlig ermattet und zufrieden zur Ruhe nieder. Konrad wusste nicht, wie lange er geschlafen hatte, als er plötzlich von einem, ihm unbekannten Geräusch geweckt wurde. Es klang wie ein Wahnsinnstrommelwirbel auf das Zeltdach. Langsam dämmerte es Konrad, dass es regnete, ganz normal regnete und dieser auf das gespannte Zeltdach wie ein Trommelwirbel klingt. Auch Günter wurde bei dem Lärm wach. Das Trommeln wurde immer lauter und ging fast in ein gleichmäßiges Rauschen über. Da schwand die Romantik und Unruhe kam auf. „Das ist ein Wolkenbruch!", stellte Günter fest. Plötzlich wurde es kurz taghell und kurz danach ertönte ein furchtbarer Donner, welcher sogar den Erdboden unter den Luftmatratzen zum Zittern brachte und den beiden Zeltlern einen furchtbaren Schrecken einjagte. Dann regnete es in Strömen. Da das Zelt an einer leichten Steigung aufgestellt war und vorsorglich der Wassergraben ausgehoben worden war, blieben sie von den Wassermassen glücklicherweise weitestgehend verschont. Gott sei Dank zog das Gewitter nach einer unbestimmten Zeit, welche den beiden unendlich vorkam, ab und es hörte auf zu regnen. Günter schaltete die Taschenlampe an, um etwaige Schäden am Zelt oder eingedrungenes Wasser festzustellen. Das Zelt hatte Gott sei Dank alles unbeschadet überstanden. Auch war nur ganz wenig Wasser unter die Luftmatratzen gelangt, sodass die Oberflächen völlig trocken waren, was auch auf ihr Gepäck zutraf.

Konrad kuschelte sich in seine Decke und fühlte sich wahnsinnig geborgen, sodass er bald wieder einschlief und bis spät in den nächsten Morgen tief und fest durchschlief. Die Sonne stand schon hoch, als Günter den Zelteingang öffnete und hinaustrat. Konrad folgte ihm. Zuerst galt ihrem Zelt die Aufmerksamkeit und Kontrolle. Am Zelt waren keine Schäden festzustellen.

Lediglich die Spannseile mussten etwas nachgespannt und einige Heringe neu eingeschlagen werden. Um das Zelt herum konnte man erkennen, dass Ströme von Wasser ins Tal geflossen sind und Dank des tiefen Wassergrabens, kein Wasser ins Zelt gelangt ist. Anderen ist es nicht so gut ergangen. Es hieß, dass sogar ein Zelt weggespült worden ist. Die Zeltler haben sich aber rechtzeitig in Sicherheit gebracht. Andere wieder hatten Wasser Zelt und waren noch dabei, ihre Sachen zu trocknen. Die Sonne schien so schön und warm, als wäre nichts gewesen. Jetzt meldete sich bei beiden aber kräftig der Hunger. Einen Kanten Brot und etwas Butter hatten sie noch, was sie sich teilten, um etwas in den Magen zu bekommen. Zu trinken gab es Wasser aus der Wasserleitung am Zeltplatz. Günter nahm die Karte zur Hand und stellte fest, dass das am nächsten gelegene Nest Höfchen sei. „Also schwingen wir uns auf die Räder und fahren nach Höfchen", befahl Günter. In diesem Ort konnten sie alles soweit planen und realisieren, dass sie eine volle Woche an der Kriebsteintalsperre einen tollen Urlaub bzw. Ferien machen. Für die Rückfahrt sei nur gesagt, dass die Talfahrt über die Burg nach Waldheim für Radfahrer verboten war, d.h. sie mussten die Räder talwärts festhalten und nicht schieben, und das war fast genauso anstrengend, wie das Hochschieben. Als sie Waldheim erreicht hatten, war die ganze Erholung schon wieder aufgebraucht. Aber auch dieses Mal haben sie es wieder bis nach Hause geschafft, und alle waren glücklich.

OSTSEE-TOUR 1956

Konrad war vierzehn, fast erwachsen. Hatte die Konfirmation hinter sich, die Schule erfolgreich abgeschlossen, den Lehrvertrag mit dem zukünftigen Lehrbetrieb abgeschlossen und die letzten großen Ferien vor sich. Seit Jahresbeginn schwebte die bisher größte Fahrradtour Konrads und Günters in den Hirnen beider herum. Günter erzählte von seinen Kumpels, die diese Tour schon gemacht hatten und davon schwärmten. Günter wollte jedoch die große Tour mit Konrad durchführen, da konnte er sich nicht blamieren. Günter war zweiundzwanzig, also schon lange volljährig, denn in der DDR waren die jungen Menschen bereits mit achtzehn Jahren volljährig. Bei jeder Gelegenheit wurde in der Folgezeit über die große Tour gesprochen. Manchmal kamen auch Zweifel auf, ob sie das auch schaffen, vor allem Konrad. Vor allem mussten die Fahrräder gründlich durchgesehen werden, alles musste in Ordnung sein, vor allem die Bereifung. Flickzeug war das Allerwichtigste, was nicht vergessen werden durfte. Alles wurde gründlich gereinigt und geölt, besonders die Kette. Die Bremsen wurden geprüft, vor allem die Rücktrittbremse. Die Beleuchtung wurde ebenfalls in Ordnung gebracht, auch das Rücklicht. Riemen wurden angeschafft, um das Zelt und das Gepäck auf den Gepäckträgern sicher zu transportieren. Das Zelt war das Hauptproblem, es ragte auf beiden Seiten mindestens vierzig Zentimeter über den Gepäckträger hinaus. Das war Günters Problem. Endlich war es soweit, der Tag der Abreise war da. Schon am Vortag wurden die Räder beladen und alles verschnürt. Die Mutter packte schon die haltbaren Lebensmittel, wie Konserven und viel Obst und Gemüse in eine Tasche. Früh um fünf sollte es losgehen, das hieß um vier aufstehen.

Die Mutter war schon eher aufgestanden und machte das Frühstück und die Reisebemmen fertig. Das war nochmals Last auf dem Gepäckträger. Mit den guten Wünschen der Eltern schwang sich Konrad aufs Rad und fuhr nach Bitterfeld, um Günter abzuholen, der ja bei der Oma wohnte. Eine Stunde verging bis Bitterfeld. Bei der Oma ging auch nochmal Zeit verloren, sodass Günter und Konrad gegen sieben Uhr in Bitterfeld starteten. Relativ schnell waren sie aus der Stadt hinaus und befanden sich auf der Fernverkehrsstraße nach Wittenberg über Gräfenhainichen, also durch die Dübener Heide. Die Strecke bis Bad Schmiedeberg war ja gewissermaßen die Hausstrecke der beiden Radtouristen, sodass es ihnen richtig kurz vorkam, als sie Bad Schmiedeberg erreicht hatten. Ohne Pause ging es weiter bis Gräfenhainichen. In Wittenberg machten sie die erste Rast. Viel Zeit für diese historische Stadt blieb nicht. Nach kurzem Gedenken an Martin Luther ging es weiter in Richtung Berlin. Die Route führte hauptsächlich über Fernverkehrsstraßen, was damals kein Problem war, da nur wenige Autos unterwegs waren, es gab ja auch kaum Pkw's. Lediglich die Anzahl der Motorräder nahm stetig zu. Ein Motorrad mit Seitenwagen war damals der Traum der jungen DDR-Familien. Sonst waren aber hauptsächlich Radfahrer und Pferdegespanne unterwegs. Die Straßen waren meist in einem saumäßigen Zustand. Fünfzig Jahre altes Kopfsteinpflaster, was über die Jahre stark verschlissen war, woran auch zwei darüber gezogene Kriege schuld waren. Die letzten Sieger sind eigentlich die Hauptbenutzer der Straßen in der DDR. Die Rote Armee war ständig unterwegs. Wehe, den Reisenden kam so ein Militärkonvoi in die Quere, so verzögerte sich die Reise um Stunden, egal, ob die in die gleiche Richtung fuhren oder ob sie entgegenkamen, es war immer Stopp angesagt. Manchmal machten sie auch Stopp und aßen das Obst von den Straßenbäumen. Oft vergaßen sie auch, ihre Vorhut an den Straßenkreuzungen wieder einzusammeln, was meist Asiaten waren; die wären verhungert, verdurstet oder erfroren, wenn die Einheimischen ihnen nicht geholfen hätten. Günter und Konrad waren auf dem Weg von Wittenberg in Richtung Berlin. Vor dem Berliner Raum graute es den beiden erheblich. Es war ja allgemein bekannt, dass innerhalb eines Radiusses von ca. hundert Kilometern um Berlin es nur so von Russen wimmelt. Und nicht nur auf der Straße, sondern auch in der Luft waren sie ständig unterwegs. Das Knallen der Überschalljäger gehörte im Osten schon zum Alltag. Für die Radtouristen galt es jetzt, den Hohen Fläming zu überwinden. Der Fläming ist ein mit Kiefern bewaldeter Höhenzug zwischen Wittenberg und Berlin. Wenn man ihn durchfährt, glaubt man nicht, dass man sich der

Riesenmetropole Berlin nähert. Man wähnt sich eher in Sibirien. Vielleicht führte deshalb der „Alte Fritz" ständig Eroberungskriege, weil aus Brandenburg-Preußen nicht viel rauszuholen war. Langsam kamen sie in den Berliner Raum und die Verkehrsdichte nahm erheblich zu: Russen. Meist waren es einzelne Fahrzeuge, die in beiden Richtungen unterwegs waren. Angst machte den beiden vor allem die rasenden Lkw's, auf deren offenen Ladeflächen russische Soldaten dicht an dicht standen und über die Kopfsteinpflasterstraße geschaukelt wurden. Von hinten sah das aus, wie auf hoher See bei Windstärke neun. Gefährlich wurde es, wenn so eine Fuhre von hinten kam, dann blieb für die beiden nur die Flucht in den Straßengraben, um sich zu retten, denn auf Radfahrer nahmen die Russen überhaupt keine Rücksicht. Hinzu kommt noch, dass die Russen meist besoffen fuhren. Allerdings durften sie sich nicht von ihren Offizieren erwischen lassen, da gab es Prügel vor versammelter Mannschaft. Konrad hatte einmal gesehen, wie ein besoffener Russe wie ein Lumpensack von seinen Kameraden auf die Ladefläche eines Lkw geschmissen worden war. Im Berliner Raum waren überall Militärobjekte der Russen zu sehen.

Hauptsächlich die Wohngebäude der Offiziere waren häufig von der Straße aus einzusehen. Eindeutig waren die Gebäude, welche die Russen errichtet hatten, von den alten deutschen Objekten zu unterscheiden. Das eigenwillige Mauerwerk ohne Putz war typisch russisch. Die Offiziere wohnten aber lieber in den von Deutschen gebauten Objekten, allerdings in russischer Wohnkultur. Weithin erkennbar waren große Löcher in den Dächern, aus welchen ein Holzpfahl ragte, woran ein Gewirr von Drähten gespannt war. Das waren die Radioantennen, mit denen die russischen Offiziere Radio Moskau empfangen haben. Man stelle sich vor, wie das in die offenen Dächer regnete. Die Russen hat das nicht gestört. Interessant war auch der Fensterschmuck; die Fensterscheiben waren mit Zeitungspapier der „Prawda" zugeklebt. Sollte diese fehlen, so konnte man bei Dunkelheit eine einsame Glühbirne strahlen sehen, die an einem Draht von der Decke herab hing. Im Sommer wurde es noch interessanter, da standen die Fenster weit offen und die Öffnung war mit zahlreichen, auf Fäden gezogenen Fischen, die zum Trocknen aufgehängt waren, geschmückt. Die Offiziere der Roten Armee waren leidenschaftliche Angler und Selbstversorger. Eingetrocknete Fische aus der Prawda, ein Glas Wodka (Sto Gramm) und eine Machorka-Zigarette, und der Russe war glücklich. Diese Kombination erzeugte auch den typischen Russengeruch, den man schon roch, bevor man ihn sah. Mittlerweile waren sie im schönen Havelland angekommen, plötzlich überall Wasser und viel Grün. Für viele Berliner war dies ein beliebtes Naherholungsgebiet. Schon vor dem Krieg hatten hier viele Prominente ihre Sommervillen. Jetzt wurden keine Villen mehr gebaut, sondern Datschen. Auch jede Menge Boote konnte man auf den Gewässern beobachten. Schnelle Motorboote waren ein besonderer Blickfang. Konrad gefiel das hier besonders gut. „Hier möchte ich übernachten!", schlug er vor. „An einem See, das wäre schön!" Es war nicht schwer, eine geeignete Stelle zum Aufschlagen ihres Lagers zu finden. Das Aufstellen des Zeltes war mittlerweile ein Klacks, jeder Handgriff saß. Im Nu stand das Zelt, waren die Sachen darin verstaut, die Badehose angezogen und ins nahegelegene Wasser gesprungen. Ei, war das herrlich! Draußen war es noch sehr warm und das Wasser schön kühl. Nach dem Baden anziehen, Abendbrot essen, den Sonnenuntergang genießen und schlafen gehen; sonst passierte nichts Außergewöhnliches. Am nächsten Morgen ging es weiter. Bloß gut, dass Günter die Route gut geplant hatte, vor allem die Umfahrung von Westberlin. 1956 stand die Mauer noch nicht und man konnte sich eventuell verfahren und in Westberlin landen, was sie bei dieser Tour aber nicht wollten, sie wollten an die Ostsee nach Hiddensee.

Wieso Günter ausgerechnet nach Hiddensee wollte, war Konrad nicht ganz klar, war ihm aber egal; Günter wird schon wissen, was er tut. Günter hatte vor der Reise erzählt, dass es nur zwei Orte auf der Insel Hiddensee gibt und Autos verboten sind. Die Insel ist nur mit der Fähre ab Stralsund zu erreichen. Irgendwann hatten sie Berlin umfahren und steuerten Oranienburg an. Hier wurde erst einmal Rast gemacht. Allerdings war die frische Marschverpflegung aufgebraucht, nur einige Konservenbüchsen waren noch da, was bedeutete, dass die beiden Radtouristen sich Gedanken zum Lebensmittelfassen machen mussten. Getränke waren nicht das Problem, Wasser gab es an jeder Pumpe, die es meist in jedem Ort gab. Konrad überließ den Einkauf von Lebensmitteln Günter, schließlich war der der ältere und hatte das Geld. Sie brauchten Wurst, Butter, Brot und noch irgendetwas in der Büchse oder Glas konserviert, etwas Haltbares. Leider gab es diese Sachen nicht allesamt in einem Laden, sondern die Wurst beim Fleischer, das Brot beim Bäcker, die Butter und etwas Haltbares im Lebensmittelladen der HO oder des Konsums. Im Konsum brauchten sie Lebensmittelmarken. Günter hatte zwar welche mit, wollte sie aber nicht gleich am Anfang ihres Urlaubs ausgeben.

Also suchten sie zuerst einen HO-Laden, wo es Waren ohne Lebensmittelmarken gab, jedoch nur Konserven, keine Frischware. Günter hatte ihm bekannte Rindfleischdosen entdeckt und sofort zwei Stück gekauft. „Da ist ganz tolles Rindfleisch drin", sagte er zu Konrad. Um frische Wurst zu kaufen, mussten sie doch einen Fleischerladen aufsuchen; der war natürlich voll. „Ich stelle mich hier an, du gehst zum Bäcker gegenüber und kaufst ein halbes Brot und zwei Semmeln." Hierfür gab er ihm passendes Geld, denn er kannte die Preise. Günter zahlte nie zu viel. Konrad war froh, dass er den Fleischerladen verlassen konnte, denn es hatte ihm schon den leeren Magen herumgedreht. Er erinnerte sich daran, wie er schon einmal in einem Fleischerladen umgefallen war, wegen leerem Magen. Beim Bäcker musste er natürlich auch anstehen, aber nicht so lange,

wie beim Fleischer. Als Konrad dran war, waren die
Semmeln alle, aber Weißbrot war noch da, wovon er ein
halbes nahm und ein halbes Roggenbrot. Gott sei Dank
reichte das Geld, was Günter ihm mitgegeben hatte. Er
kriegte sogar noch etwas raus. Die herrlichen Düfte
nach Weißbrot und anderen leckeren Sachen machten
Konrad wieder ganz schwach; sein Magen rumorte.
Nach Verlassen der Bäckerei stieg ihm der Duft des
frischen Weißbrots dermaßen in die Nase, sodass er
nicht anders konnte, als einmal kräftig hineinzubeißen –
welch ein Genuss, ein Weißbrot anno 1956. Konrad
eilte zur Fleischerei. Günter war immer noch nicht dran.
Es verging mindestens eine halbe Stunde, ehe Günter
aus dem Laden kam. Sofort suchten sie sich eine Bank
und machten erst einmal Mittagspause. Zuviel zu essen
war auch nicht gut, denn ein voller Magen fährt nicht
gern Rad. Schließlich hatten sie noch etwa achtzig
Kilometer bis Neustrelitz vor sich. Also blieb nach dem
Essen nicht viel Zeit zum Ausruhen.

Die nächste Übernachtungsstation war Neustrelitz,
mitten in der Mecklenburger Seenplatte, exakt die
Strelitzer Seenplatte mit dem weltbekannten Stechlin
und Rheinsberg, hunderte Seen, von tollen Wäldern
eingerahmt. Später, eins der beliebtesten Urlaubsgebiete,
nach der Ostsee, der DDR-Bürger, bloß zu essen gab es
da nichts. Bloß gut, dass sich die Radtouristen in Oranienburg gut eingedeckt hatten. Das Fahren auf den
Alleen dieser Landschaft machte direkt Spaß. Wie durch
einen Tunnel fuhren sie auf der Straße dahin, völlig im

Schatten und fast eben. Vereinzelt kamen ihnen andere Radtouristen entgegen. Braungebrannt wie sie waren, kamen sie sicher von der See. Manchmal überholte sie ein klappriger Lastwagen oder ein alter Pkw. Häufiger waren es schon Motorräder, oft mit Seitenwagen. Das waren die ersten motorisierten DDR-Bürger, die an die Ostsee fuhren. Sonst war nicht viel Verkehr auf dieser Fernverkehrsstraße. Einmal machten sie Zwischenrast, bevor sie am Stadtrand von Neustrelitz übernachten wollten. Hundertdreißig Kilometer waren es von Oranienburg bis Neustrelitz und erst die Hälfte hatten sie geschafft. Also, lange Rast war nicht. Konrad tat der Hintern weh, musste sich mal kurz langmachen. Die Genitalien waren auch wie abgestorben. Wenn er sich beim Pinkeln in den Sack kniff, verspürte er nichts. Pinkeln musste er ohnehin nicht, auch rausgeschwitzt hat er kaum etwas. Scheinbar blieb alles drin, was er trank. Maßhalten beim Trinken war ohnehin die Devise. Konrad hatte kaum Fett auf den Rippen. Dagegen war Günter direkt fett und schwitzte deshalb auch viel mehr als Konrad. Parallel zur Fernverkehrsstraße verlief auch die Eisenbahnstrecke Richtung See. Mehrere Bahnübergänge waren zu passieren, und das waren Verkehrshindernisse der ersten Güte. Zweimal querte die Straße die Eisenbahnstrecke. Als sie den ersten Bahnübergang erreicht hatten, war die Schranke zu. Nach etwa dreißig Minuten ging es weiter. Am zweiten Bahnübergang dasselbe, was natürlich den Zeitplan der beiden Radtouristen erheblich durcheinander brachte. Als sie sich

Neustrelitz näherten, neigte sich der Tag dem Ende entgegen.

Es wurde Zeit, einen geeigneten Platz zum Übernachten zu finden. Bald war ein ideales Plätzchen, nicht weit von der Straße, ausgemacht. Eine kleine Wiese, von Büschen umstanden, lud direkt zur Übernachtung ein. Routinemäßig bauten sie ihr Zelt auf und richteten es ein. In der Umgebung wurde es immer stiller; auch von der Straße her kamen kaum noch Fahrzeuggeräusche. In aller Ruhe packten sie ihr Essen und wollten dieses so richtig genießen, als sie mit Schrecken feststellten, dass kein Getränk mehr vorhanden war – alle Flaschen waren leer. Nichts zu trinken, das grenzte schon an eine Katastrophe. ‚Günter denkt auch an nichts!‘, schoss es Konrad durch den Kopf. Günter war sich seiner Schuld bewusst und erklärte sich bereit dazu, Trinkwasser zu besorgen. „Ganz in der Nähe war doch ein Dorf“, stellte er fest, und von dort wollte er Wasser holen. Also schwang er sich aufs Rad und verschwand. Konrad war allein. Desto länger Günter weg war, desto mehr umschlichen ihn ängstliche Gedanken. Völlig allein, weit ab von der nächsten Ansiedelung von Menschen. ‚Wenn da einer kommt und mich überfallen will!‘ Konrad las gerne Krimis und hatte deshalb viel Phantasie auf diesem Gebiet. Und die Stille! Nichts rührte sich. Nicht einmal ein Vogel zwitscherte. ‚Hoffentlich kommt Günter bald wieder!‘ Träge verrann die Zeit und langsam dämmerte es. Günter kam und kam nicht. ‚Hoffentlich ist nichts passiert!‘, schoss es ihm durch den Kopf.

,Was mache ich dann, so ganz allein in dieser weltverlassenen Einöde? Licht habe ich auch nicht; die Taschenlampe hat Günter mit.' Endlich brach Günter durch das Gebüsch. „Mensch, das hat ja Stunden gedauert!", beklagte sich Konrad und war überglücklich, dass Günter wieder da war. „Das Dorf ist ziemlich weit weg von hier", erklärte Günter. Dann musste er noch bei ein paar Türen klopfen, ehe sich eine öffnete und ihm wurden die Wasserflaschen gefüllt. Jetzt konnten sie endlich Abendbrot essen und dazu Pumpenwasser aus Mecklenburg trinken. Danach begaben sie sich zur wohlverdienten Ruhe. Konrad wusste nicht, wie lange er geschlafen hat, als er plötzlich von einem Geräusch bzw. einer Erschütterung ihres Zeltbodens wach wurde. Auch Günter schreckte hoch und machte die Taschenlampe an. Wie entgeistert sahen sich beide an, das Geräusch wurde immer lauter. Gleichzeitig nahm die Erschütterung des Bodens zu. „Was ist denn das?", fragten sich die beiden voller Angst. „Naht hier der Weltuntergang?" Und das wurde immer lauter; der Boden unter den beiden rüttelte. „Das muss ein Erdbeben sein!", rief Günter voller Schreck. Konrad überlief eine Gänsehaut den Rücken hinab. Das Getöse kam immer näher und näher. ,Jetzt ist es aus mit uns!', dachte Konrad, schloss die Augen und hielt sich die Ohren zu. Dann merkte er, dass die Erschütterung des Bodens langsam nachließ. Daraufhin öffnete er langsam seine Ohren und stellte fest, dass sich das Inferno langsam entfernte. Es wurde immer leiser und leiser, bis es wieder genauso still war, wie vorher. Die beiden fielen sich um den Hals und beglückwünschten sich, dass sie am Leben sind. Am nächsten Tage fanden sie die Erklärung: unmittelbar hinter dem nächsten Busch neben ihrem Zelt führte ein Eisenbahngleis vorbei und ausgerechnet in dieser Nacht fuhr hier ein Zug entlang, welch ein Abenteuer. Diese Nacht werden sie nicht vergessen. Die letzte und dritte Etappe ihrer großen Tour lag nun vor ihnen, etwa hundertfünfzig Kilometer – die längste Etappe. Wer etwa denkt, das sei nur absolutes Flachland, der irrt gewaltig. Die Tücke dabei war, dass sich die überwindenden Steigungen über viele Kilometer hinzogen und das schlauchte unheimlich. Manchmal irritierten optische Täuschungen die Radtouristen völlig. Optisch ging es bergab, in der Realität jedoch bergauf, und das wiederholte sich auf dieser Strecke andauernd. Hinzu kam noch, dass es keine Alleebäume mehr gab, die Sonne unbarmherzig brannte und damit den Teerbelag der Straßendecke so weichmachte, dass das Befahren der Straße nicht möglich war und sie auf den Randstreifen ausweichen mussten.

Waren jedoch die Fahrradreifen schon mit Teer behaftet, so nahmen die beim Fahrbahnwechsel sofort den Dreck des Randstreifens auf und bildeten eine dicke Schicht auf dem Reifen. Das Fahren wurde dadurch immer schwerer. Irgendwann erreichten sie einen langersehnten Brechpunkt und es ging wirklich bergab und zwar steil. Der Randstreifen war stark ausgefahren, sodass sich eine hohe Bordsteinkante zur Straßendecke gebildet hatte. Das Überwechseln war deshalb fast unmöglich. Hinzu kam, dass auf dem Randstreifen jeweils im Abstand von ca. zehn Metern ein querliegender Steinhaufen, eine unausweichliche Sprungschanze, zu überwinden war. Günter fuhr vornweg und die Geschwindigkeit nahm zu. Konrad sah, als Günter die ersten Hindernisse genommen hatte, dass eine gefährliche Abfahrt vor ihm lag. Da auch sein Rad rasch beschleunigte, gab es kein Zurück mehr. Mit zunehmender Geschwindigkeit artete das Fahren in einen Hindernisritt aus. Wie ein Cowboy beim Pferdeinreiten ritt Günter vornweg, Konrad ritt hinterher. Die Räder wurden immer schneller. An bremsen war nicht zu denken, denn das hatte unweigerlich einen Sturz auf dem Geröll zur Folge. ‚Hoffentlich halten das unsere Fahrräder aus und unser Gepäck bleibt auf dem Gepäckträger, und vor allem, hoffentlich kommen wir unten gut an!‘, schoss es Konrad durch den Kopf und ritt mutig weiter. Einen gewissen Galgenhumor konnte er nicht unterdrücken, wenn er Günter dahinfahren (reiten) sah. Aber es kam noch schlimmer. An der Talsohle machte sich ein Radfahrer auf der linken Seite, also der Seite, auf welcher Konrad und Günter ins Tal ritten, daran, ebenfalls mit dem Fahrrad den Berg zu erklimmen. Als Günter und Konrad der Gefahr wahrwurden, fingen sie an zu schreien: „Bahn frei, Bahn frei!“ Der Mann hörte offenbar nichts, sah auch nichts. Jetzt stieg er in aller Ruhe ab und stellte sein Rad auch noch quer zum Weg, sodass ein Vorbeikommen für die beiden Radtouristen unmöglich war. Alles Rufen nützte nichts, der Mann war taub und blind. Mittlerweile war Günter schon fast ran, riss im letzten Augenblick sein Vorderrad hoch auf die Straßenfahrbahn; das Hinterrad schabte im Winkel von etwa vierzig Grad an der Bordsteinkante, folgte dann dem Vorderrad und war wieder in der Spur. In rasender Fahrt und Rufen sauste Günter an dem Idioten vorbei, welcher trotzdem nicht auswich.

Konrad blieb nichts anderes übrig, als dasselbe wie Günter zu wagen. Gott sei Dank gelang auch ihm das tollkühne Stück. Als sie sicher an der Talsohle angekommen waren und zurückblickten, sahen sie den alten Idioten, immer noch quer auf der Fahrbahn stehen. „Ein typischer Mecklenburger", stellte Günter sarkastisch fest. Jetzt mussten sie sich erst einmal von dem Schreck erholen, bevor sie weiterfuhren. Bald erreichten sie Neubrandenburg, eine trostlose Stadt, welche im Krieg völlig zerstört worden war, „Von Anglo-Amerikanischen Bomben, wie fast alle Städte in Deutschland, nachdem der Krieg schon beendet war", erklärte Günter. Sie waren froh, als sie wieder auf der Landstraße waren. Anklam war die nächste Station. Ohne Zwischenfälle kurbelten sie die Strecke herunter. Von Anklam ging es nach Greifswald. Auf dieser Strecke hätten sie bald ihr Leben eingebüßt, als ein mit Rotarmisten beladener Lkw in beängstigendem Tempo unmittelbar an ihnen vorbeiraste. Der Windstoß hätte sie fast mitgerissen. Das Auto schwankte wie ein Schiff auf hoher See die Kopfsteinpflasterstraße entlang in

Richtung Greifswald. ‚Das hätte schief gehen können!‘, durchfuhr es Konrad. Günter war auch ganz blass geworden. Sie hatten aber nicht viel Zeit, darüber nachzudenken. Weiter ging's, das Ziel war nicht mehr fern: Greifswald. Greifswald war in Sicht; es roch schon nach Meer. Sie gönnten sich vor der letzten Etappe nochmal eine Rast, bevor es weiterging nach Stralsund, das Ziel aller Wünsche. Bei Konrad stieg langsam die Aufregung. Schließlich wird er in wenigen Stunden zum ersten Mal in seinem Leben das Meer sehen, nach drei Tagen auf dem Fahrrad. Noch waren sie nicht am Ziel.

Die Strecke zog sich hin wie ein Gummiband. ‚Kommt denn nicht endlich das verfluchte Stralsund in Sicht?‘, ging es Konrad durch den Kopf. Alle Energie galt es zusammenzunehmen. Manchmal drehte sich Günter herum und schaute, ob Konrad noch da war. „Kannst du noch, oder wollen wir noch einmal eine Pause machen?“ „Ja!“, sie machten eine Pause. Allerdings war es immer sehr schwer, nach einer Pause auf den Sattel zu kommen, da der Arsch wahnsinnig weh tat, was bei der langen Strecke kein Wunder war. Günter schwitzte wie ein Schwein, was ihm für seine Figur allerdings gut tat. Konrad dagegen hatte nicht ein Gramm Fett zu viel, d.h. der hatte überhaupt kein Fett am Körper, sodass auch kein Schweiß bei ihm austrat. Lediglich sein Gesicht glühte wie Feuer. Jetzt hieß es, nochmal Arschbacken zusammenkneifen und auf die Räder gesprungen und letzte Etappe abgewickelt. Diese war natürlich die schwerste für Konrad und Günter. Sie forderte nochmals alle Kraft. Endlich tauchten die ersten Türme von Stralsund in der Ferne auf. Langsam, sie hatten den Eindruck, als kämen sie der Stadt nie näher, näherten sie sich der Stadt. Mittlerweile neigte sich der Tag dem Ende entgegen. Da zu dieser Stunde ohnehin keine Fähre mehr nach Hiddensee fahren würde, beschlossen sie, außerhalb von Stralsund nochmals ihr Lager aufzuschlagen, zu übernachten und erst am nächsten Tag nach Hiddensee überzusetzen. Sie hatten Glück und fanden direkt am Wasser einen idealen Zeltplatz. Konrad war glücklich, endlich am Ziel, endlich an der Ostsee – das erste Mal am Meer. Günter ging das genauso. Auch für ihn war es das erste Mal. Nachdem sie ihr Zelt aufgebaut hatten, hieß es nichts wie rein ins Wasser, trotz der Dunkelheit, die mittlerweile eingetreten war. Der Mond schien hell genug. Konrad schlief diese Nacht wie tot. Trotzdem war er am Folgetag beizeiten wach und weckte Günter. Konrad fand sogar einen Bäcker in ihrer Nähe und holte frische Brötchen. Butter und Marmelade hatten sie noch vorrätig, sodass sie das erste Frühstück an der Ostsee voll genießen konnten.

Viel Zeit hatten sie jedoch nicht, denn die Fähre nach Hiddensee fährt nur einmal am Tag. Nachdem sie zusammengepackt hatten, mussten sie die Stadt durchqueren, um zum Hafen zu gelangen. Günter hatte sich für die Vorbereitung der Tour einige Informationen von seinen Kumpels, welche die Tour schon einmal gemacht hatten, geben lassen, und das war jetzt absolut nützlich

für die beiden. Sie fanden zum Hafen und zur Anlege-
stelle der Hiddenseefähre, schifften sich ein und ab ging
die Fahrt. Wenn das zwar nicht direkt die hohe See war,
so hatten die beiden Seefahrtneulinge doch den Eindruck, als wäre es so, denn der Kahn schaukelte ganz
schön. Nach etwa zwei Stunden erreichten sie Vitte, den
Hauptort der Insel. Außerdem gab es noch Neuendorf
und Kloster. Günter wusste, dass Badestrand und
Zeltplatz bei Vitte lagen. Das war nicht zu übersehen,
als sie von Bord gingen. Ein, für damalige Begriffe,
riesiger Zeltplatz erwartete sie. Jeder konnte dort ohne
Voranmeldung zelten, lediglich nach der Ankunft bzw.
Zeltaufbau musste sich man beim Bürgermeister melden
und sich für seine geplante Aufenthaltsdauer anmelden.
Ein idealer Platz war schnell gefunden, nur wenige
Schritte bis ins Wasser waren zu überwinden. Rechts
und links tat sich ein unendlich langer Badestrand auf,
jedoch mit einer sehr unangenehmen Eigenschaft. Auf
dem Weg vom Zelt zum Wasser war zwar genügend
herrlicher Sand auf Dünen aufgehäuft vorhanden, aber
desto näher man dem Wasser kam, begann eine hässliche Steinstrecke, welche sich bis ins tiefe Wasser hinzog.
Resümee: Hiddensee hat einen Steinstrand! Für die
beiden Urlauber hatte das keine negative Bedeutung, sie
wollten ja keine Burgen bauen und Kinder waren ohnehin nicht dabei. Konrad wollte vor allem Wellen sehen,
welche an Hiddensee's Küste meist vorhanden waren.
Das Meer rauschte und rauschte, Musik in den Ohren

von Konrad. Er konnte es gar nicht erwarten, endlich ins Wasser zu kommen.

„Erst die Arbeit, dann das Vergnügen", mahnte Günter. Bald war es soweit und sie wollten sich rennend ins Meer stürzen, wurden in ihrem Lauf jäh durch die Härte der Steine in ihrer Hektik gebremst, denn die Steine verursachten elende Schmerzen an den Füßen, wenn man sie mit Laufen überwinden wollte. Schnell gewöhnten sie sich daran, diese Hürde nur langsam und vorsichtig zu überwinden. Am liebsten würde man darüber hinweg schweben wollen, hatte man den Wunsch. Das Ufer fiel relativ steil ab, sodass man bald das tiefe Wasser erreichte und die Steine bis zum Hinausgehen los war. Konrad hechtete sich wie ein Delphin ins Wasser, gegen die anrollenden Wellen. Diese waren etwa einen Meter hoch, also ruhige See. Das machte aber trotzdem wahnsinnigen Spaß, mit und gegen die Wellen zu schwimmen. Das Phänomen des Meeres ist allerdings, dass die Wellen zum Stand laufen, jedoch der Schwimmer, wenn er sich treiben ließ, immer weiter vom Ufer weggetragen wird. So erging es Konrad schon am ersten Badetag. Im Nu hatten ihn die Wellen weit hinaus aufs offene Meer getrieben, sodass er alle Kraft brauchte, um wieder in Strandnähe zu kommen. Günter war auch schon besorgt. „Der Strand von Hiddensee ist nur für sehr gute Schwimmer geeignet. Nichtschwimmer oder Kinder haben da keine Chance", sagte Günter. Konrad schwamm im Meer wie ein Delphin. Die Wellen konnten ihm nicht hoch genug sein. Manchmal ließ er sich

166

von der Welle hochheben, manchmal durchtauchte er sie, wenn sie anrollte. Auch Günter versuchte die Technik Konrads anzuwenden und schluckte dabei häufig Wasser, wenn die Welle über ihn hinweg rollte. Konrad musste dabei so lachen, sodass er ebenfalls Wasser schluckte. Natürlich waren sie nicht allein im Wasser, viele Köpfe und Körper tauchten auf und verschwanden hinter den Wellen. Die Wassertemperatur war ohne Bedeutung. Ob kalt oder warm, es war ganz toll im Wasser. Wenn Konrad aus dem Wasser kam, dann war es wirklich Zeit. Dann hatte er blaue Lippen und am ganzen Körper eine Gänsehaut. Aber es war Hochsommer, die Sonne knallte vom Himmel, da hält sich die Gänsehaut nicht lange, auch die blauen Lippen nicht. Auch die Badehose trocknete am Körper. Es dauerte nicht lange und es ging wieder ins Wasser. Am nächsten Tag begab sich Günter zum Bürgermeisteramt und meldete sich und Konrad zum Zelten an, für drei Wochen. Man konnte bleiben, solange man wollte. Aber drei Wochen waren lange genug. Außer Schwimmen und in der Sonne liegen, gab es ja nichts auf der Insel. Konrad sah sich derweilen etwas auf dem Zeltplatz um. Hunderte Zelte waren aufgestellt. Alle möglichen Modelle. Konrad kam aus dem Staunen gar nicht heraus. Zweimannzelte bis Viermannzelte, mit und ohne Vordach, blau und grün. Manche hatten moderne Luftmatratzen, auf welchen sie in der Sonne lagen. Andere lagen auf Decken, andere wieder lagen direkt im Sand. Da gab es welche, die besaßen sogar ein Gummiboot, ein absoluter Renner, meist aus dem Westen. Manche waren braungebrannt wie Südländer, ein Zeichen dafür, dass sie schon länger da waren. Sanitäranlagen oder ähnliches gab es auf dem gesamten Zeltplatz nicht, lediglich eine Wasserleitung für Trinkwasser mit einem Wasserhahn am Ende war vorhanden, ein Hahn für alle Hunderte. Waschen und Zähneputzen wurde am Meer realisiert. Die kleine Notdurft im Meer, aber die große – ein Thema für sich. Hierfür stand lediglich ein Doppelplumpsklos für alle zur Verfügung. Man kann sich vorstellen, dass die Türen des Ortes niemals stillstanden. Ein ständiges auf – zu, rein – raus war zu verzeichnen. Konrad war ratlos, als er das sah. Aber noch mehr, als er sich zur Benutzung anstellte und dann, als er dran war, das Innere dieses Ortes kennenlernte: Ein Doppelplumpsklo für Männchen und Weibchen, getrennt mittels einer von Astlöchern gespickten Bretterwand, der berühmte Sitzkasten, ohne Deckel mit freiem Blick in das Innere der stinkenden Kloake. Beim Betreten dieser Anlage war es Konrad unklar, ob das Bedürfnis zum Kotzen größer war, als das zum Scheißen.

Anfangs kostete das Konrad eine riesige Überwindung, aber mit der Zeit stellte sich eine gewisse Gewöhnung ein. Schnell das erledigen und dann war alles wieder gut, war die Devise. Das Meer und die Sonne entschädigten für alles. Hiddensee war damals schon auf Touristen eingestellt. In Vitte gab es einen Bäcker, einen Lebensmittel-Konsum und einen HO. Auch gab es eine Gaststätte, in welcher meist Fisch auf den Tisch kam.

Fischräuchereien gab es auch jede Menge, denn Hiddensee war früher eine reine Fischerinsel. Dort gab es viel
Fisch zu essen, auch Aal. Also verhungern mussten die
Urlauber nicht. Hiddensee war damals wie heute die
Urlaubsinsel für Menschen, welche die Ruhe liebten. Es
gab auf dem Zeltplatz keine laute Musik und auch keine
Saufgelage. Bei den meisten reichte das Urlaubsgeld
gerade für die Verpflegung und sonstige Kosten, wie
z.B. die Überfahrt mit der Fähre und die geringe Zelt-
platzgebühr. Auch die Gaststätte wurde von den Cam-
pern kaum besucht. Günter war während der gesamten
Urlaubszeit nur einmal abends alleine aus, nämlich in
der Gaststätte. Konrad vermutete, dass er sich vielleicht
eine Freundin anlachen wollte, was aber nicht der Fall
war. Schöne Mädchen gab es genug am Strand. Neuan-
kömmlinge konnte man an der noch hellen Hautfarbe
sofort erkennen. Die am längsten da waren natürlich an
der Tiefe der Bräune der Haut. An Hautkrebs hat
damals keiner gedacht. Es gab auch keine Sonnenschir-
me. Man bewegte sich in der Sonne, lag nicht bloß so
herum. Dadurch war man gleichmäßig braungebrannt.
Und wenn es einem zu heiß wurde, ging man ins Wasser. Wenn man lange genug im Wasser war, sehnte sich
der Körper wieder nach Sonne und in diesem Rhythmus
lief fast jeder Tag ab. Nur an einem Tag war es etwas
anders, Sturm war angesagt. Das bedeutete hoher
Wellengang. Irgendwo am Strand wurde eine Sturmfah-
ne hochgezogen. Bademeister oder Strandwärter gab es
damals nicht. Jeder war für sich selbst verantwortlich.

Der erste Mutige wollte die Wellen mit dem Faltboot bezwingen, was sofort schief ging. Das Boot kenterte und der Leichtsinnige wäre bald ertrunken. Sein Boot konnte er auch vergessen, das zog es aufs offene Meer hinaus und verschwand dann bald. Am nächsten Tage trieb es ein paar Reste wieder an Land, allerdings unbrauchbar. Eine bestimmte Anzahl von guten Schwimmern wollte doch wenigstens etwas von dem hohen Wellengang genießen und traute sich ins tosende Meer. „Aber ja nicht zu weit hinaus!", hörte man mahnende Worte von den am Strand bleibenden. Nachdem Konrad und Günter dem Treiben der Mutigen im Meer eine Weile zugesehen hatten, hielt sie nichts mehr. Mutig stürzten sie sich den Wellen entgegen. Immer oben bleiben war das allerwichtigste, dann kann nichts passieren und es machte Konrad und Günter einen Heidenspaß. Plötzlich verpasste Günter es doch, eine riesengroße Welle zu bezwingen, sodass sie voll über ihn hinweg rollte. Günter war verschwunden. Konrad ließ sich geschickt von der nächsten Welle nach oben tragen, als Günters Kopf im Wellental aus dem Wasser kam. Konrad sah, wie er nach Luft schnappte. Schon kam die nächste Welle heran. Schnell drehte er sich ihr entgegen und wurde von der Welle nach oben gehoben und ins Wellental gesenkt, wie es sein musste. Es strengte vor allem am meisten an, sich nicht zu weit hinausziehen zu lassen, sondern dem Sog der Welle entgegen zu schwimmen und das war für Konrad eine Meisterleistung mit seinen vierzehn Jahren. Er konnte schwimmen wie ein Delphin. Trotzdem trauten sie sich das Spiel mit den Wellen nur ein paar Minuten zu, da auch der Sturm noch zunahm und die Wellen immer höher wurden. Bald verzogen sich auch die letzten Mutigen aus dem Wasser, somit waren auch keine Opfer zu beklagen. Es genügte schon, wie der Sturm an den Zelten rüttelte und zerrte. Konrad prüfte noch rasch die Spannseile und Heringe, bevor er ins Zelt verschwinden konnte. Kurz danach brach ein Unwetter mit noch mehr Sturm und Regen auf die Welt hernieder.

Wassermassen prasselten aufs Zelt. Innerhalb kurzer Zeit lief Wasser ins Zelt, denn den um das Zelt gegrabene Wassergraben hat es mit Sand zugespült. Jetzt blitzte es so hell, sodass es sogar im Zelt hell wurde. Kurz danach erfolgte ein so furchtbarer Donner; sogar der Sandboden erzitterte. ‚Das hat bestimmt irgendwo eingeschlagen!‘, durchzuckte es Konrad. Noch mindestens eine halbe Stunde lang tobte das Unwetter, ehe es langsam nachließ und abzog. Es dauerte nicht lange, und die Sonne kam wieder hinter den Wolken hervor. Alles krabbelte aus ihren Zelten und betrachtete die vom Unwetter angerichteten Schäden an ihren Zelten. Das Zelt unserer Radtouristen hat es ganz gut überstanden, nur der Wassergraben musste neu ausgehoben und die Nässe aus dem Zelt gewischt werden. Alles, was nass geworden war, wurde in die Sonne gelegt oder auf die Spannseile des Zeltes gehängt. Innerhalb weniger Stunden war alles wieder trocken und es erinnerte kaum noch etwas an das vergangene Unwetter. So vergingen die Tage und Wochen auf Hiddensee wie im Fluge. Mittlerweile waren die Plumpsklos so vollgeschissen, dass eine Benutzung bald nicht mehr möglich war. Ob die Inselverwaltung irgendwann für die Entleerung sorgt, war unklar. Für die beiden war der letzte Tag angebrochen. Da wurde es Zeit, auch wieder einmal nach ihren Fahrrädern zu sehen, welche die ganze Zeit unbeachtet neben ihrem Zelt lagen. Oh, sahen die Karren schlimm aus, überall hatte sich Rost gebildet, sodass eine gründliche Reinigung im Meer notwendig war. Nach dem Trocknen erfolgte das Abölen aller sich drehenden Teile. Mit einem öligen Lappen versuchten sie nun, den rostigen Fahrradrahmen und vor allem den Lenker wieder etwas ansehnlich zu machen, ohne großen Erfolg – die Karren sahen schrecklich aus. „Jetzt machen wir erst einmal eine Probefahrt über die Insel", sagte Günter. Sie schwangen sich auf die Räder und sahen am letzten Tage ihres Urlaubs doch noch etwas mehr von der Insel, als nur den Campingplatz, Strand und Meer. Jedenfalls rollten die Fahrräder noch oder wieder. Günter musste noch die Parkplatzgebühr beim Bürgermeister entrichten und sich über die Abfahrtszeit der Fähre unterrichten. Anschließend fuhren sie wieder zum Zeltplatz und genossen den letzten Urlaubstag in der Sonne und im Wasser. Am nächsten Tag brachen sie ihr Zelt ab, packten alles zusammen und beluden ihre Fahrräder. Zum Abschied benutzten sie noch einmal das Scheißhaus (eine andere Bezeichnung verdiente es nicht, d. Autor), was nunmehr bis oben hin vollgeschissen war, sodass sie sich mit Freuden von diesem Ort trennen konnten. Am Hafen angekommen bestiegen sie die Fähre und ab ging es nach Stralsund. Hier gingen sie von Bord und die Schinderei begann von Neuem, bloß in die andere Richtung. Vorher machte Günter Kassensturz und Überprüfung der Proviantvorräte; das sah ganz böse aus. Das Geld war restlos alle, das letzte ging für die Fähre weg. Zu essen hatten sie noch eine Fleischkonserve, das war alles. Zumindest hatten sie genügend Wasser zu trinken. Also fuhren sie los nach Greifswald. Hier stellte sich der erste Hunger ein. Die Fleischdose musste daran glauben. Redlich teilten sie sich diese. ‚Schade, dass wir kein Brot mehr haben.‘, dachte Konrad. Es nützte nichts, das Fleisch schmeckte herrlich, auch ohne Brot, nur mit Wasser. Weiter ging's in Richtung Anklam. „Im Raum Anklam müssen wir übernachten", kündigte Günter an. Die ganze Erholung war für Konrad schon wieder wie weggeblasen nach den ersten hundert Kilometern auf dem Fahrrad. Bald haben sie die erste Etappe Richtung Heimat geschafft. Langsam meldete sich bei beiden der Hunger. Was machen? Betteln gehen bei den Bauern? Günter war zu feige oder zu fein dazu. Konrad musste ran. Im nächsten Ort machten sie Halt. Konrad schnappte die Wasserflaschen und machte los zum erstbesten Bauerngehöft. Nach mehrmaligem Klopfen an der Hoftür öffnete sich diese und eine Frau erschien in der Tür, ‚Offensichtlich die Bäuerin.‘, dachte Konrad.

Konrad grüßte höflich und bat um etwas Wasser. Wortlos nahm die Frau die beiden, von Konrad hinge- haltenen Flaschen, entgegen und verschwand. Nach einer relativ langen Zeit kam sie mit den Flaschen und einem Paket in der Hand wieder an die Tür. Mit den Worten: „Lasst es euch schmecken!", übergab sie die Konrad und machte die Tür wieder zu. Konrad war verblüfft über diese prompte Hilfe. Sicher ist Brot in den Paketen, dachte er unwillkürlich, drehte sich voll Freude um und eilte zu Günter, der schon voller Sehn- sucht auf Konrad wartete. Zuerst etwas zu trinken, dachten sie. Wie groß war ihre Überraschung, als sie feststellten, dass sich statt Wasser Milch in den Flaschen befand – welch eine Freude. Gierig trank jeder erst einmal aus seiner Flasche ein paar kräftige Schlucke Milch. Welch ein Genuss, waren sich beide einig. Und jetzt zu dem geheimnisvollen Paket. Voller Spannung öffnete es Günter und es kamen ein paar wunderbare, mit verschiedener Wurst belegte Doppelbemmen zum Vorschein. Wer das nicht kennt, kann sich nicht vorstel- len, was dieser Anblick für eine Freude ist, wenn der Magen schon seit Stunden leer ist. „Das müssen wir ganz langsam essen, das muss ewig vorhalten", sagte Günter. Und sie aßen ganz langsam. Ab und zu ein Schluck Milch dazu, mehr braucht der Mensch nicht. Voller Dankbarkeit dachten sie an die großzügige Spenderin, der wortlosen Bäuerin aus Mecklenburg. Aber sie waren noch lange nicht zu Hause, am nächsten Tage mussten sie es bis in den Berliner Raum schaffen.

Templin hatten sie sich vorgenommen, und es blieb ihnen nichts anderes übrig, als zu fechten (ein vornehmer Ausdruck fürs betteln). Günter war grundsätzlich zu feige dazu und schickte immer Konrad vor, obwohl er die Hauptschuld an dieser Misere hatte. Sicher war sein ewiger Geiz daran schuld. Er hat einfach zu wenig Geld mitgenommen in der Annahme, dass Konrad auch Geld mit hatte. Wo denn her? Die Mutter hatte ihm fast ihre ganzen Lebensmittelmarken mitgegeben; die waren mehr als Geld wert. Es nützte alles nichts, sie mussten eben betteln, d.h. Konrad. Das ist die letzte Tour mit Günter, schwor sich Konrad. ‚Ab September verdiene ich selbst mein Geld und bin nicht mehr auf dich angewiesen.', ging ihm durch den Kopf. Außerdem ärgerte er sich über den Geiz der Bitterfelder Oma, die Konrad nicht eine Mark für den Urlaub mitgegeben hatte. Vielleicht hat's Günter kassiert, das traute er ihm zu. Die Bettelei ging immer nach folgendem Ritual: Günter suchte ein einladendes Gehöft aus und schickte Konrad los. Dieser klopfte an die Hoftür. Oft begann ein Hund hinter der Tür kräftig zu kläffen, was schon deprimierte. Dann erscholl eine, meist weibliche Stimme, immer noch bei geschlossener Tür, wer da sei. Nun kam es darauf an, wie Konrad sein Begehr vorbrachte, und seine Kinderstimme veranlasste meist die Bäuerin, den Hund anzuketten und die Tür zu öffnen. Konrad erzählte, dass sie an der Ostsee in den Ferien waren und ihr Geld verloren haben. Dann bat er lediglich um das Füllen der Wasserflaschen. Im Mecklenburger Raum genügte das meist, um Mitleid bei der Bäuerin zu erzeugen und in die Flaschen nicht nur Wasser, sondern auch Milch zu füllen. Dazu gab es noch ein paar kräftige Wurschtbemmen. Jedoch nahm die Großzügigkeit der Spender schon in Brandenburg, also dem Berliner Raum rapide ab. Konrad musste mehrere Versuche starten, ehe sich eine Tür öffnete. Dann musste er eine lange Geschichte erzählen. Woher, wohin, wie lange, warum? So ging das minutenlang, wobei Konrad Hunger und Durst quälte. Nun gab es auch keine Milch mehr, sondern nur Wasser. Das Brot war auch nur mit dünner, meist alter Wurst belegt. In Sachsen-Anhalt, also im Raum Dessau, da wollte man nur Konrads Geschichte hören und dann gab's nur Wasser, sonst nichts. „So eine Saubande!“, schimpften beide. Bis Bitterfeld, also bis zur Oma waren noch etliche Kilometer zurückzulegen und mit leerem Magen. „Vielleicht finden wir ein paar essbare Beeren im Walde“, schlug Konrad vor.

Also hielten sie an und suchten Beeren im Walde, leider ohne großen Erfolg. Ein paar vereinzelte Heidelbeeren fanden sie, etwas für den hohlen Zahn. Der Hunger ging davon nicht weg. Also verblieb nur Wasser zum Magenfüllen, was beim Fahren im Magen herum gluckerte. Das letzte Stück schaffen sie auch noch, waren sich beide einig. Endlich erreichten sie Bitterfeld und bald danach landeten sie auf dem Hof der Oma. Als ob sie das geahnt hatte, guckte sie schon am Fenster und freute sich, dass beide wieder da waren. Die Frage, ob sie Hunger hätten, konnte sie sich sparen, denn der war unbeschreiblich groß. Langsam und gemächlich holte sie Brot, Butter und Wurst aus der Speisekammer. Konrad lief das Wasser im Munde zusammen. Günter lag schon auf dem Sofa. ,Vielleicht will der im Liegen essen, wie ein alter Römer.', dachte Konrad. Endlich kam die erste belegte Bemme auf den Tisch. „Zuerst Günter", sagte die Oma, dafür hasste Konrad sie.

Dann durfte er endlich auch in die Bemme beißen, welch ein Genuss. Das kann nur derjenige einschätzen, der das Betteln und den richtigen Hunger einmal selbst erlebt hat. Für Konrad und Günter war es eine unvergessliche Erfahrung. Vor allem auch mit dem Kennenlernen der unterschiedlichen Mentalitäten der Menschen innerhalb der DDR. Bald waren Omas Vorräte erschöpft und sie musste ihre Bekannte auf den Hof bitten, im nahegelegenen Lebensmittelladen Nachschub zu holen. Zu trinken gab es Leitungswasser mit etwas Essig und Zucker. Davon war genug da. Außerdem gab es auch Malzkaffee, den die Oma meist trank. Da es noch relativ hell war und Konrad sich gut erholt hatte, brach der nach seiner Heimatstadt auf. Die paar Kilometer waren ein Klacks für ihn. Alle freuten sich, dass Konrad wieder zu Hause war und viel zu erzählen hatte.

Für Konrad war das die letzte große Fahrradtour. Günter hat diese Tour mit seinen Freunden noch einmal durchgeführt, was eine große Leistung war.